難民

いとわれびと

ケイ 柊《ふゆき》

自分はいま、どこにいる?

目次

1度きり

人生に1度っきりの事って、いくつもあると思う。生まれるのは1度きり、死ぬのも1度きり。結婚も（できれば）1度きり。

転職はもちろん何度でもいいのだと思うけれど？…とは自己弁護か。このたび、2度目の転職となりました。

最初は地方紙の記者となり、ジャーナリストをめざしたけれど、都会で育った子供が森に放されたような感じで、そこを居場所にして生きていく道のりがどうしても描けなかった。山ガールを自任してきていたのにね。

次は東京のコンサルタント会社。試験を受けに行って、オフィスをひと目見ただけで、その落差に変に感動してしまったのを覚えている。

ビジネスのスピード感が違っていた。まるでロケットの開発のように、打ち上げ日を決めて、エンジン係、姿勢制御係、燃料ポンプ係？（全く畑違いでわからないけれど）

と、各部がスケジュールをこなしていく。異次元のビジネスと異次元の生活空間をテーマパークにいるように楽しんでいた。

ある先輩が、

「奈央、ちょっと手伝ってもらいたいことがあるんだけど。」

仕事じゃなかった。先輩の出身地の近くに小さな温泉街がある。そこの老舗旅館のひとつが廃業する。跡継ぎに当たる息子が先輩の同級生だったそうで、相談されたのだ。もちろんそんな小さな案件は会社に持ち込めない。会社は副業を認めているから、時間外ビジネス申請をすれば認めてくれるのだけれど、この案件は本業のコンサルティング業務とかぶるので、普通は認められない。

「そいつが今さら古い旅館の経営なんてイヤだっていうんだ。そのくせトモ（先輩は友二という）、建物がすごくいいんだ、見てくれない、ってんで行ってきたよ。奈央にも見せたい。」

それで決まりだった。築150年近いその建物は、当地の大工さんが大切に組み上げたもので、木の選び方といい、加工やデザインの工夫といい、現在では再現のむずかしい重要文化財クラスの木造建築だった。二人で丹念に写真を撮り、当時の歴史資料や温泉街の概要などを集めて会社に提出した。

建物が語りかけたのだと思う。旅館のオジさんに話し、息子に話し、トモに話し、そして自分にも話しかけてくれた。さらに担当部長にも。

この件は地域社会に意義のある案件だということで特別に許可になった。ただし手弁当。結局あれやこれや本業のあい間をぬって活動を続け、建物を存続させる条件で次の経営者に引き取られた。

3年かかった。

大きな資本と最新のノウハウを組み合わせて利益を生む事業モデルと、八っつぁん熊さんの珍道中のような手弁当のしごと。その異空間の経験が、小さなタネとなって心の中で芽を出し始めた。

没林の鳥

「奈央、こっち来てごらん。」

おじいちゃんが呼ぶ。小さな川の橋のたもとに、セキレイの巣。青やグレーのカラフルな卵が入っていた。こんな見つかりやすい所に、野生の鳥が何で巣づくりするのか、おじいちゃんが教えてくれた。

おじいちゃんの家にお世話になるときの日課は庭掃きとお風呂たき。（風呂たきは、大抵家の誰かが一緒についてくれる。かまどで時々じゃがいもやとうもろこしを焼いて食べさせてくれるのもとても楽しかった。）夏休みに入ってすぐの朝、古くなった竹箒《ぼうき》で植木のまわりをガシガシ掃いていたら、小っちゃな穴がポツンとあいているのに気づいた。最初掃いている時にはなかった。何でと思って中をのぞいたら、小さなお馬が入っていた。モゾモゾと、手足を動かしている。出たい出たいと言っているように見えた。おじいちゃんに話をすると、

「明日の朝セミになる幼虫だよ。もう1日、フタをしていておやり。」

葉っぱでフタをした。

5歳、6歳からのあの感動はなんだったんだろう。自分という世界と、自分以外の数えきれない世界との出会いの全てが新鮮で驚きの連続だった。

隠れ家を造ってくれたこともあった。山道の脇の小さなガケに、土のヘコミを造って木の枝で囲い、中にカラマツの葉をしいてくれた。自分だけのおうち。ただじっとしているだけなのに、とっても大きな世界。

あんなに田舎が好きだった自分が、なぜ、地方記者で成長する道を選べなかったのか。

そして、ある意味自分が背伸びをしているのを自覚しながらも、あこがれを充実に変えようと奮闘してきた都会暮らしに別れを告げたのは何だったのか。

大学で学んだ英語に飽き足らず、大学院ではブルガリア語を学んだ。イタリア語でも北欧語でもよかったのだけれど、ジャーナリスティックな何かが選ばせたのだと思う。留学で行ったソフィアは、まさに民族と民族の折り重なる、支配と被支配の渦巻く波の歴史だった。セルビアのベオグラードは、同年代の若者たちがはっきりと割れていた。安アパートに日中寝ころんで、友達やガールフレンドと音楽を聴いたり、だべったりしている連中。

自国のいくつもの民族の文化を体で表現しようと、民族舞踊を学び、外国にまで発信するグループ。

そして街の若者たちはというと、仕事が無くカフェや露店での商いの手伝いで喰いつないでいる。若い女性でスカートをはいている人はまずいない。スーツスカートを身に着けている人は年配の銀行員や政府系の職員などで、一般の女性はタイツ姿だ。

社会の分断がどんどん激しさを増し、それを是正しなければという政策や予算はとても乏しく思えたものだ。

仕事は順調だった。日本に入る外国人観光客、ビジネス客、いわゆるインバウンドは着実に伸びていた。同時に、日本での滞在地や日本国内の資産を確保する人々も増え、次々とプロジェクトが成立していく。社員の年俸も伸びていた。不況や社会の格差などヨソごとを想うひまもない程だった。でも…、それはやっぱり襲ってきた。突然の資本引き揚げ、インバウンドの消滅。いくつかのプロジェクトのリーダーだったトモ先輩は社を去った。

業績の浮沈は世の習い。社員が全て責任を問われる訳ではない。しかしあれ程安定し、将来まで誰も疑いようがないと思えていたこの国の社会が、簡単に大きな波を被り混乱してしまう現実。これは比較優位なんて妄想をはからずも身内にしてしまっていた自分に、たくさんの想い起こしを運んだ。もうひとつ、おじいちゃんの手紙を運んできた。

「元気でいますか、東京は別世界でしょうね。若い頃銀座に行けば必ず足を運んだ為永画廊はまだ有りますか。ルオーの油絵がありましたね…。」

新宿の草野心平さんのお店に通った話、ホテルニューオータニの回転レストランの話、全然知らなかった田舎のおじいさんとしか思っていなかった人の思い出がつづられていた。そして最後に、

「没林の鳥。奈央は必ず自分の最愛の地を見つけられるよ。」

OPEN

阿武隈川に架かる橋の上からは、右手に南蔵王の雪壁が輝いて見える。樹氷ツアーは今頃から始まるナ、と思いつつ橋を渡り切る。国道6号線に沿ってまっすぐに続く阿武隈山脈。その山ふところが第二のふるさとだ。いや、唯一の、と言ってもいい。

そこでレストランが初日を迎える。

山並みが西風をさえぎり、中腹に繭玉《まゆだま》のような雲を抱いている。

「きっと成功する。」

不安よりも、確信の気持ちの方が湧いてくる。

起業するということはこういうことなんだ。人生の中で、何度も、という訳にはいかないナと思う。

コンサルタントという前歴は別にして、たくさんの知人友人から助けていただいての開業だ。ダメでしたという訳にはいかない。そのために事前に打てる手は打ったつもりだ。でも仮に1ヵ月10万円の赤字が続けば1年半でアウト。

銀行借入れはなし、機材のリース料も全額支払い済み。生活費の足しにしようと、仙台に定期的に収入のある仕事も確保した。毎日通うのは体力的に疲れるし、ガソリン代も大変なので、地元の知人に無理を言って離れ（納屋）の一部屋を借りた。

あとは自分の生活費を切り詰め、店の売り上げを伸ばせばいい。

さあ、オープン。11時のオープンを待ってお客さまは店の前に塊をつくっている。

店のスタッフには、

「味やボリュームや料金といった商品へのクレームは気にしないで、対応や時間管理だけに集中してください。」

とお願いしている。
5、6番目のお客さまだったと思う。
「わたし、これ食べても、何の味もしないんだけど…。」

全量に近いスパゲティを皿に残したまま突き返してきた。納得できないまま食器返却口で受け取っているうちに2人、3人と味がなじまないお客さまが増えていく。

目の前の海、仙台湾南海の遠浅の砂底が育んだとびきり新鮮なホッキ貝のアヒージョだ。同じく地元特産のやわらかなネギをふんだんに使って、茹で上げのスパゲティの上にのせてある。

一日を終えて、スタッフの感想などを聞くと「塩味が足りない。」というお客さまの声だという。

「でも何度もみんなで試食したじゃない。そんな意見出なかったよね。」

「私らの味覚とも違うんです。」

スタッフのミコちゃんが言う。そうかァ、この地域には高齢者が多い、お客さまにも多いだろうと、その健康を考えて塩分は控えている。代わりにダシは充分取ってある。それが逆の反応を生んだ。

高校生のときにバイトで厨房に入った。そこではＯＬさんや近くの年配のお客さまで賑わい、中には毎日のようにいらっしゃる方もいた。だからシェフは、

「自分で調理して食べるより、ウチで食べた方が健康になれるよ。」

なんて冗談めかして言っていたが、実際提供する料理に砂糖やバターや調味料などは極力減らすか全く使わないで、素材の味を大切にしていた。特に塩を使うことはほとんどなかった。

とはいえ、お客さまの味覚の好みを、一皿や二皿の料理で別の提案をするなど、無理。店はまず必要な売り上げを確保しなければならない。

眠れなかった。夜どうし頭の中はレシピの改良に向き合っていた。どの時点で塩を加えればより体に負担をかけないで済むか…。

２日目。返ってきた皿の上に、たんまりと料理は残ったままだった。塩味２倍だよ…。もうさじ加減などという次元ではない。これまでの味づくりの経験をはるかに超

えていた。

料理の仕事が長いもう1人のスタッフ・トビさんに、

「もう、無理。」

と頼んだ。彼は黙って棚から牛タンに使っていた調味料などを組み合わせ、たっぷりと口の中に重みが走る味に仕上げてくれた。

料理は戻ってこなくなった。

確率15%

持っているより失くす方が、人はより自分に近くなる、かどうかは分からないが、相次ぐ喪失でこの先の生き方の方向性がさだまってきていた。

既存の力に頼る、あるいはすがるのはやめよう、という新たな決意。かといって、今自分の力量でできることなど、タカが知れている。失敗はできない。あるいは、失敗しても最少の損失で終わらせなければならない。

起業の道を選んだからには、事前にリスクを最小にまで絞り込まねばならない。〝あんた、コンサルタントだったんでしょう〟今まで。しかしこれからは当事者になる。自分のことは自分で客観的に見ることはできない。つまり、他人のことはできても、自分で自分のことはできない、ということだ。だから並居る名経営者でもコンサルタントを雇う。先輩も遠くなり、資金も十分でない自分はそんな余裕はない。でも調べた。全くの素人が自分独りで起業した場合、5年以上続く確率は5％。つまり20軒に1軒。その前の経験のある人が独立した場合10％、つまり10軒に1軒。ちなみにコンサルタントが介在した場合、20％から70％。あ〜、つまり自分は15％。

幸い高校生でバイトした時、厨房にも入れてもらっていた。そこで細かにシェフの教えを受けた。全くの素人ではない。

6人がチャレンジしても続くのは1人。もちろんこれがVC（ベンチャー・キャピタル）などであれば何千人に1人以下となるが。

誰でも、自分の将来は確率100％でありたい。100％はムリでも、せめて85％ぐらい。

70％台は、イヤだな…なんて。現実は15％。起業にそれ以上の確率などない。

「手紙が来てるよ。」

会社を、辞めると決めて母に報告するため仙台に戻った。朝ごはんを食べ始めた時に、思い出して母がテーブルに置いてくれた。

高校のワンダーフォーゲル部の顧問をしてくれていたケンさんからだった。花の名前も教わった、熊と出合った時の対処のしかたも教わった。グループで飯豊山《いいで》に登った時に山小屋の脇で夕食を作った。アミの上にお肉をのせて、焼き肉。一つ年下の部員が、アミに登山靴を引っかけて全部ひっくり返してしまった。慌てて拾い集めて捨てようとしたのを止めて飯盒《はんごう》の水でていねいに洗い、もう一度塩コショーしてアミの上に戻してあげた。みんな目を丸くして（食べなかった子もいるが）、

「焼くんだから、ゴミさえ落とせばいいんだよね。」

なんて自分たちを納得させながら食べた。その時のケンさんのウィンクが忘れられない。

確か、市の外郭団体の仕事をしていた。手紙には故郷の相馬市に戻ったことと、そ

こで地域の行事や伝統生活うんぬん、かじか？　がどうの、そして最後に野馬追いを見に来ないかと書いてあった。相馬市は母の実家、おじいちゃんの町の隣町。

「何だ、明日じゃない。」

慌てて書いてあった番号へ電話。

「ちょうど明日おじいちゃんの家に行くから。」

2月に、部活が一緒だったOGが集まることになり、顧問だったケンさんもお呼びした。

十何年ぶりで会う皆さんは、とっても女性らしく（？）なって見違えるほど。

夏山合宿は岩手山だったんだけれど、ちょうどワンダーフォーゲルの雑誌の取材があり、全国誌に記事と写真が載った。その時の写真を見ながら、みんなとても盛りあがった。

山登りは、あれ以来さすがに行けていないようだったけど、みんなすごいキャリアを過ごしているように感じた。

「ねぇ、これから何したい？」

一人が言うと、

「オーロラ、カナダで見たい。」

「ニュージーランドの山。」

いろいろ出た。

「客船で1ヵ月の旅かな。」

「私は無人島で1週間。」

やっぱりあの娘《こ》らしい。

「奈央は？」

東北のお祭り巡りかな。中学生だったか、秋田県の西馬音内《にしもない》の盆踊りに連れていってもらった。頭布や編み傘で顔全てを覆った女性が、宙にかざす指の一点に、まるで何かが宿っているような、不思議な夜だった。それ以来、東北の祭りには、それぞれに何かが宿っているような気がして、ひと夏に巡ってみたい、と思うようになった。

「野馬追い、来ない？」

「あ、行きたい。」

その時はそれで終わっていた。

野馬追い

ダダダッ、ダダダダッ、ダダダッ、ダダアァッ…、目の前を電車が止まらずに走り抜け、反対方向からも全速で通り過ぎる、そんな光景だろうか。旗指し物を、前傾させた頭の先になびかせ、竿が弓なりに後ろに曲がろうとするのもかまわずに、人馬の一団が通り過ぎていく、地響きを立てて。

競馬も実際に見たことがない。でもこの映像と、轟音《ごう》と、地揺れに、言葉が無い。目や耳や脳ではない。体の中に全てが一体となって跳び込んでくる。自分の体も、この祭りの一物体のように共震している。

まるや井やリボン編みのようなデザインが大きく描かれた家紋の旗が次から次へと

疾走して来る。

花火が打ち上がり、神旗争奪戦に何百もの騎馬武者が群がって、祭りは最高潮に達した。

ケンさんのお薦めの店でおそばをごちそうになってその日は別れたのだけれど、帰りの電車の中でも体が揺れている。初めて、こんな感覚。おそばを食べながら、聞かれた訳でもないのに、これまでの仕事のことや、今後やりたいことなど、自分の気持ちをしゃべっていた。

ケンさんも何か話したんだろうけど、不思議、何も覚えていない。

大学を卒業して以来、誰かに教えられ、指示された仕事しかしてこなかった。自分で自分の道を選んで進んできたつもりだったけど、それは〝誰か〟の道じゃなかったのか。今自分の足で、自分の選択で進もうと決めたとたんに、それまでの自分の歩み方が見えてきたような気がする。

地場の起業のお手伝い。それがやりたいことの一つ。そのために自分で未知の事業にチャレンジする。仮に失敗する結果となっても、その経験は必ず次の自分を作る。

帰り道、隣町になるおじいちゃんの家へ寄って、（大学入学以来だから、10年ぶりぐらいかな）おじいちゃんや、伯父さんの菊一郎さんなどと、なつかしいひと時を楽しませてもらった。ワンちゃんはもう2代変わっていた。小学生の頃は夏休みに入って最初の週ぐらいで、

「早くおじいちゃんの所へ行きたいな。」

なんて毎年のことだった。あの頃のワンちゃんの名前、タカちゃんだったかな、マルちゃんだったか、池で一緒に泳いだっけ。

魚ごころ水ごころ

水の方が先に来た。起業するに当たって、業種や業態を特に決めていた訳ではなく、そのツメの所を絞り込む前に話が舞い込んで来てしまった。道の駅のような地産地消の大型施設に飲食店舗を複数計画しているというもの。

できれば事務系ではなく、お客さまと現場で接するカタチの方がいいな、とは思っていた。連絡をくれたのはケンさんで、

「急なんだけど、10日ぐらいで締め切りになるから、一応申し込んでみたら。」

というもの、フードコートというものらしい。券売機を設置しなければならないだけで、後のところは全て自由だという。

仕事を辞めた話や、〝生きる実感〟へのこだわりを、あの時しゃべり過ぎたのだろうか。

自分の責務にも感じて、あの人はきっと必死に情報を集めてくれたのだろう。しかしそれは〝当たり〟だった。何とその場所が母の実家つまりおじいちゃんの町の近くだった。

「起業のお手伝い」という、今後の自分の仕事の目標からすれば、ほとんどの業種を対象としなければならない。もちろん自分の力量の及ばないもの、向き不向きといったものは出てくるだろうが、新しく事業を始める人と、そのプランの段階から一緒に

勉強し、組み立て、検証を重ねていく仕事だ。いわば何業であろうと、プロセスは一緒。逆に向き不向きなどなしにして、さっさと取り組んで、実力をムキ出しに露《さら》してしまった方が、自分の今後のためにもなるだろう。(後でちょっと後悔することになるのだけど。)

2ヵ月の審査を経て3店舗の1つに選ばれた。オープンまで3ヵ月。スタッフの募集やメニューの試食会、店内施設(ほぼ厨房内のみ)工事など、あっという間だった。ケンさんには何から何までお世話になった。地元にほとんどそうした人脈の無いゼロからの出発。経営の目標を3つ掲《かか》げる。

1 経営の成立。
2 地域の食の一員に加わる。
3 レストラン営業を基に人々の交流や生活文化に関わる。

1は3年かけて達成するつもり(それ以上は資金的に持たない)。2と3は何年かかるか分からない。

フードコートという概念には初めて出合ったも同然だった。学生食堂や会社のカフェテリアとも違う。全くと言っていいほどお客と作り手側との会話がない。

もっと驚いたのは、お客同士の会話がない。

そんな光景はこれまでにも電車の中やチェーン店のカフェなんかで見てきた。けれどもここはレストラン、しかも家族や友人と水入らずで過ごす時間。なのに券は黙って差し出す、こちらは「ありがとうございます。スパゲティミートソースとマルゲリータの小ですね。15番の番号札でお呼びします。それまで少々お待ちください。」と念を押す、が言葉を発しない。料理ができ上がり、トレイに載せて呼ぶが、無言で持っていく。

その席には家族3~4人。それぞれ好みのメニューを3店の中から選んで食べる。全員スマホかゲームのタブレット。

やっぱりというか、帰ってきたトレイのお皿の上には、半分しか食べてないトースト、3分の1残ったリンゴジュース。たったそれだけ残さずに子供に食べてしまいなさいと普通言わない？　あるいは両親のどちらかが子供に代わって食べてしまわない？

コメを日本全体で自給できるようになったのが1967年（第1回東京オリンピックの3年後）だという。それから高度経済成長という今のアジアの国々のような状態を経て、現在の日本の食料自給率は40％を切る。船と手間と石油燃料をかけて運んできた大切な食料を、そう扱う？

これが普通のレストランだったら、多かったですかとか、お好みと違いましたかとか、次回残されない工夫をしたり、少しだけ反省を促したりできる。

コミュニケーションの断絶は、人々が潜在的に持っていたニーズなのか、またはスマホやフードコートという新しい現象がそうさせているのか。

人間の欲望というかふるまいというものはどんどんと肥大化する。

以前目撃した光景と完全に符丁が一致した。日本海側の水族館に1000人を超えるような長い観光客の列ができていた。朝9時頃だったろうか。

朝日連峰北端の以東岳《いとうだけ》（標高1772メートル）から大鳥池へ下山し、さらにふもとのベースキャンプで1泊、早朝「何だか海を見たいね。」ということになって急いで海岸線までたどり着いた。そしたらこの長い行列。コーヒーをあきらめきれずに行列の間をすり抜けて水族館入口のフロントで、

「お茶だけ、展示館の方には入りませんから。」

と声がけしたら、

「どうぞどうぞ、コーヒーは10時からですからその間店内で待っていただければ。」

ラッキー。登山の仲間と、大きなガラス越しに広がる日本海の静かな海を満喫できた。以東岳の山頂から見えた遠くの島影（たぶん粟島《あわしま》）や鳥海山に向かって優雅な曲線を描く海岸線が「降りたら休みにおいで。」と誘ってくれたんだ。

山の標高差や、ブナの圧倒的な体格、大鳥池に映る夏椿の白い小花を思い出して目の前の波間に浮かべていると、突然けたたましく人の声が近づいてくる。

レストランが11時のオープンを迎えたのだ。第1波は店の中にある給水所を取り囲み、お茶の保温瓶《びん》をめいめいの机に持ち去る。そうして次は自分たちが持ち込んだ中ぐらいのポットに中身を移し替える。アッという間の喧噪《けんそう》の中で一連の〝作業〟が終

了し、後はやはり自分たちの持ち込んだお弁当やらおにぎりやらを楽しんでいる。レストランのメニューではないのだ。

そして第2波…。

ここはどこ？　誰の場所？

自分のお客さまがそこまでとは思わないけど、自分たちがオーダーしたんでしょ。心を込めてとまでは言えないかもしれないけれど、オーダーされたメニューを5秒単位で茹で時間と焼き時間を管理し、最後に1皿ひと皿味見などの確認をしてお出しした料理である。味がよくなかったり、好みに合わなかったのならわかる。しかし…。

水族館で出会った人たちだって、たぶん地元に近い人たちだろうから最初は、「何てきれいな見晴らしのいいスペースができたんだろう。」と誇らしい気持ちも持っただろう。しかも無料でお茶も飲める。ちょっと1杯余計に席までもっていってもいいでしょうかと、店員に声をかけた時もあっただろう。そして、明らかに一線を超えてしまった。

この肥大化は、何によって抑制されるのだろう。人が人であるための条件がぶよぶよになって揺れ動いている。

〝報送機関〟

阿武隈山地の冬は温暖だ。太平洋からの海風が海岸から強く吹き上がり、山地全体をつつむ。大きな盆地もないので、夏は逆に暑すぎない。この気候が、住む人々の心根を温厚にしているのだと感じる。

地方の市町村では役所が一番大きな事業体だということも珍しくない。大手のショッピングモールや工場などの大規模施設もあるけど、地元の、ということでは存在感は大きい。

記者をしているときの事。

「お宅の記事まちがっています。」

と会社を訪ねて来た人がいた。編集の副部長に呼ばれて一緒に応対に出た。

「2月15日のこの記事、農地法違反をしたのは沼田さんじゃなくて、改修を請け負った業者です。」

概要はこうだ。地元の賑わいのためということで、沼田さんの空いている貸家をカフェに貸すことにした。オープンが近くなって駐車場が足りないと判断した請け負い業者が、沼田さんにも発注者にもことわらずに敷地内の空き地に砕石を入れてしまった。親切心からの作業だったのだが、この業者さんは農地法の知識が無かった。

この事実が、なぜか素早く役場に通報され、所有者である沼田さんの農地法違反事件として報道された。

「記事を訂正してもらえませんか？」

副部長の回答は、

「いや、ウチは町当局からの記事情報はそのまま掲載するんですよ。いつもそうしてます。」

「全然ウラを取らないんですか。」

おっと、この人はただの人ではないかも。

「何せ人の動きも追いつかなくてね。」

報道機関であるべきマスコミが、単なる〝報送機関〟になっていることに、胸を締めつけられた。沼田さんは、実は近々公布される町議会議員選挙に立候補するよう、まわりの人たちから依頼されていたという。良識の一つ、地域の希望の一つが、これで左右された。なのに「人の動きが追いつかない」という。何のために報道機関は動くのか。香港はこの思いからか、矢も盾もたまらず現地入りした。なぜならば、連日報道される香港の民主化運動のデモについて、必ずと言っていいほど、ニュースの最後に「今回のデモには主催者発表で1万8000人、香港当局の発表で6500人が参加した。…」

と発表される。

この差に疑問を持たない人がいるだろうか？　現地には各局のスタッフも派遣されているだろう。なぜこんな開きを埋めないのか。こんな報道だけなら、テレビを見ている人は、大体その中間を実動者数とみなすだろうか、じゃあ、当局が千人と言ったら、あるいは主催者側が10万人と言ったら…。自分たちで検証する努力なしに、〝報道〟はあり得ない。きっと、〝報道は中立でなければならない〟とその局は言うだろう。でも、それでは報道にならない。中立の意味を取り違えている。中立になんか真実はない。報道は真実に迫らなければ…、なんて思いが募ったせいか、気がつけば、空港に降り立っていた。空港の職員の対応はていねいだった。ほとんどの公共交通が止まる中、タクシー乗り場は長蛇の列。不安も抱えながらの、深夜近くの街入りとなった。

香港

11月17日午後11時（日本時間18日午前零時、日本と香港の時差は1時間ある）、その異変は思いも寄らぬ場所からだった。タクシーが「ここまでだね。」と言って乗客を降ろした場所は、前の半分がバリケード。残り半分は通る車もあったが、空港のタクシー乗り場で、「多分、近づけないよ。」と目的地であるホテル周辺の事情を聞いていたので、「もう少し近くまで…。」とは言えなかった。

車を降りて対面の歩道まで横切り、人に道を聞こうとした瞬間、「ドーン」とにぶい爆発音がし、赤黒い炎が上がるのが見えた。70㍍も先か。人々が数十人引いて来る。

押されるように左手の公園のような広場に入り、行先のホテルの場所を聞こうとすると、「そこはちょうど、今混乱している道を通らなければならないので、この横で少し時間を待った方がいい。」というアドバイス。「こんな近くで…。」と意表をつかれたためか、この先の事が浮かばない。が、間を置かずに「裏道を知っているから、行ってみよう」という若者の案内で、さらに左手の道を上がっていく。路地を一つ、二つと進み、「あの建物があなた方のホテルだ。」と指さされ、その姿を確認した瞬間、経験したことのない刺激臭におそわれた。催涙ガスだった。涙が視界を消し、鼻水はおろか、口の中にひりひりとした痛みも走って、あわてて退却。裏通りの食堂にかけ込んだ。水で眼を洗い、うがいし、同行の柴ヤンはビールでのどを洗浄する。(時間をつぶすにはこれしかない。)

20分ほども案内の若者や食堂のおばさんと話し込んで、「そろそろか…。」とホテルに向かう。ホテルの周辺にも、ロビー内にも人混みがあった。が、ロビーに入ると、さらなる刺激臭。あとで分かったことなのだが、このホテルはデモの若者を逃げ込み先として受け入れていたらしい。そのため、たっぷりと催涙弾を浴びた服のまま、人が入って来ていたので、ロビー内はガスが濃かったのだ。また外出。というわけで、その夜は何時にベッドにもぐり込んだのか？

11月18日朝、朝食が済むや路地を進んで表通りへ。ここは九竜地区の中心ネイザン通りだ。路地の舗道のレンガはほとんどがはぎ取られ、道路上にバリケードとしてバラ散かれている。

朝の戦場。ゴミは両端に片付けられ、真中を車が通り始めている。一区画ずつ、交通が再開される。道路のいたる所に割られたレンガ、植木、木材片、道路のフェンスや道路標識、電話ボッ

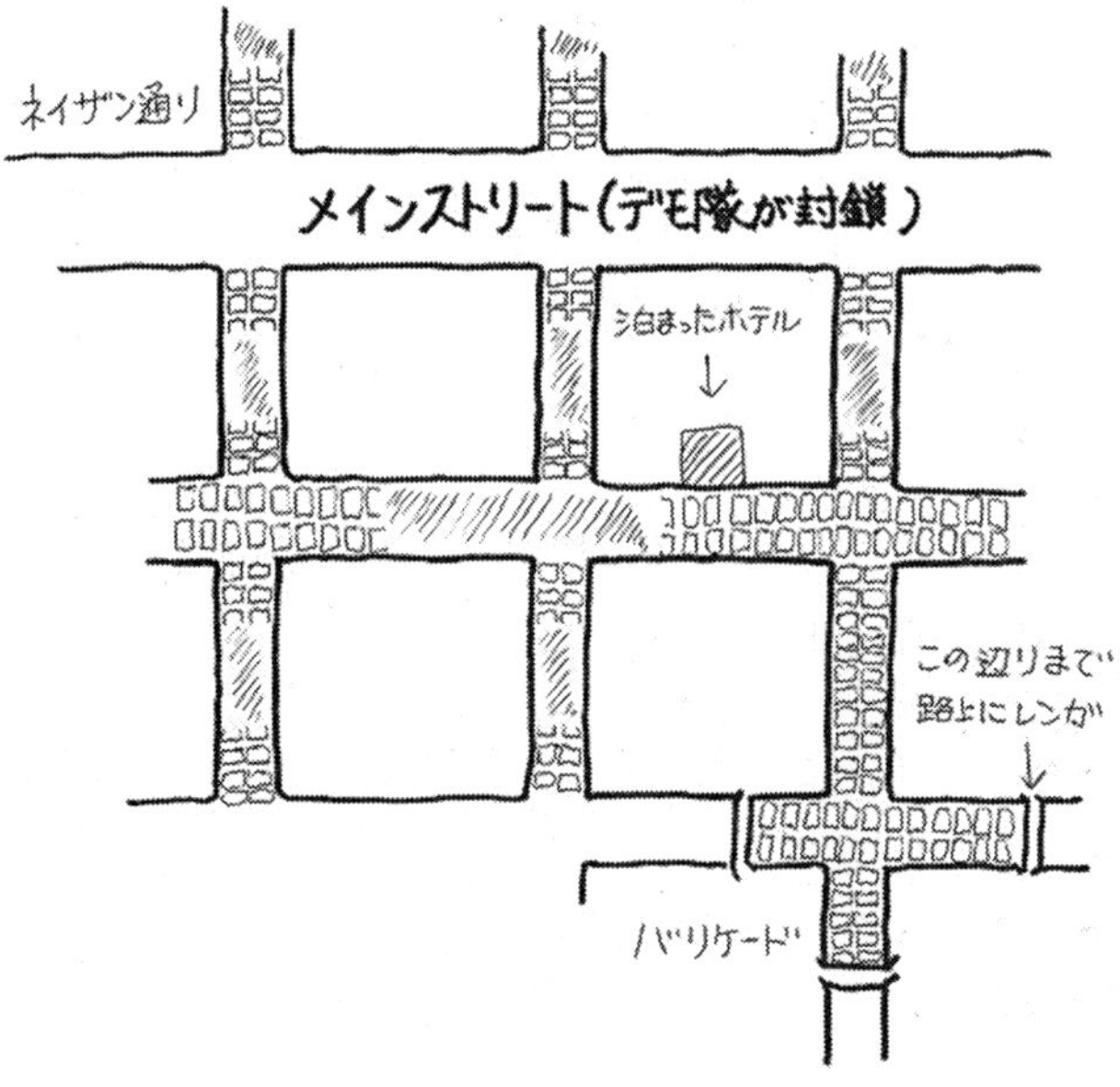

クス、コンクリートの根元が付いたままのバス停標示もある。ビニール、プラ、土のう袋、そして傘。雨傘運動のシンボルだ。お茶や水のペットボトルが散乱しているのは、飲んだり眼を洗ったりしていたのか。

歩き回ると、ゴム弾、その薬きょう（とても大きい、散弾の薬きょうの10倍くらい大きい）、催涙弾のカラ缶なども転がっている。ゴム弾の大きさ（手の握りの中でいっぱいくらい）からは、これがまともに当たれば、アバラの骨ぐらい折れるだろうと思われる。「雨傘運動」とはよく言ったものだ。これはシンボリックなイメージなどではない。雨傘が、ゴム弾や催涙弾の物理的打撃から、デモ隊の人間を守っているのだ。

午後2時を回ったぐらいか、人影もまばらだった周辺の通りに、再び人の数が多くなる。若者を中心に、デモ参加者たちが動き出したのだ。

まずはレンガ割り、舗道のレンガをはぎ出し、女の子たちがそれを2つ、3つに割っていく。道具はあまり使わない。手とレンガ同士のぶつけ合いで、路上の障害物となるレンガ片を量産していく。

ある若者は電動のカッターを持ち出して、中国本土資本の商店、銀行、政府出先などの建物の壁をえぐろうとしている。それらの建物の鉄製シャッターやガラスは、もう破壊されている。

いつの間にか大通りにもいくつかの集団が溜まりを作り始めていた。そのいくつかの人溜まりは、次第に横の連携を取り始めた。お互いに両手を平行に伸ばしてその間隔を取る。横一列の陣形を片側二車線に二列。つまり大通りの中央分離帯の両側に合計4列の人の鎖《くさり》がつながった。

隊列は左から右（香港理工大の方向）に資材を手渡し始めた。水、食品、傘、ヘルメット、…火炎ビンもある。二列の人のカベに守られて、全身黒ずくめの若者や、防備を固めた若者が高速移動で走り抜けていく。

人の鎖《くさり》からはひときわ大きいシュプレヒコールが湧きあがる。

まだ明るいので午後5時か6時ではないか、左の方向で火炎ビンの爆発のような音が響いた。思いがけず早い時間だ。と思う間もなく、左側のデモ隊が声かけ合って右側の通りとその上下の路地に走り逃げる。

大通りから周辺の路地に逃げ込めば、単なる〝通行人〟や〝市民〟にもどるという

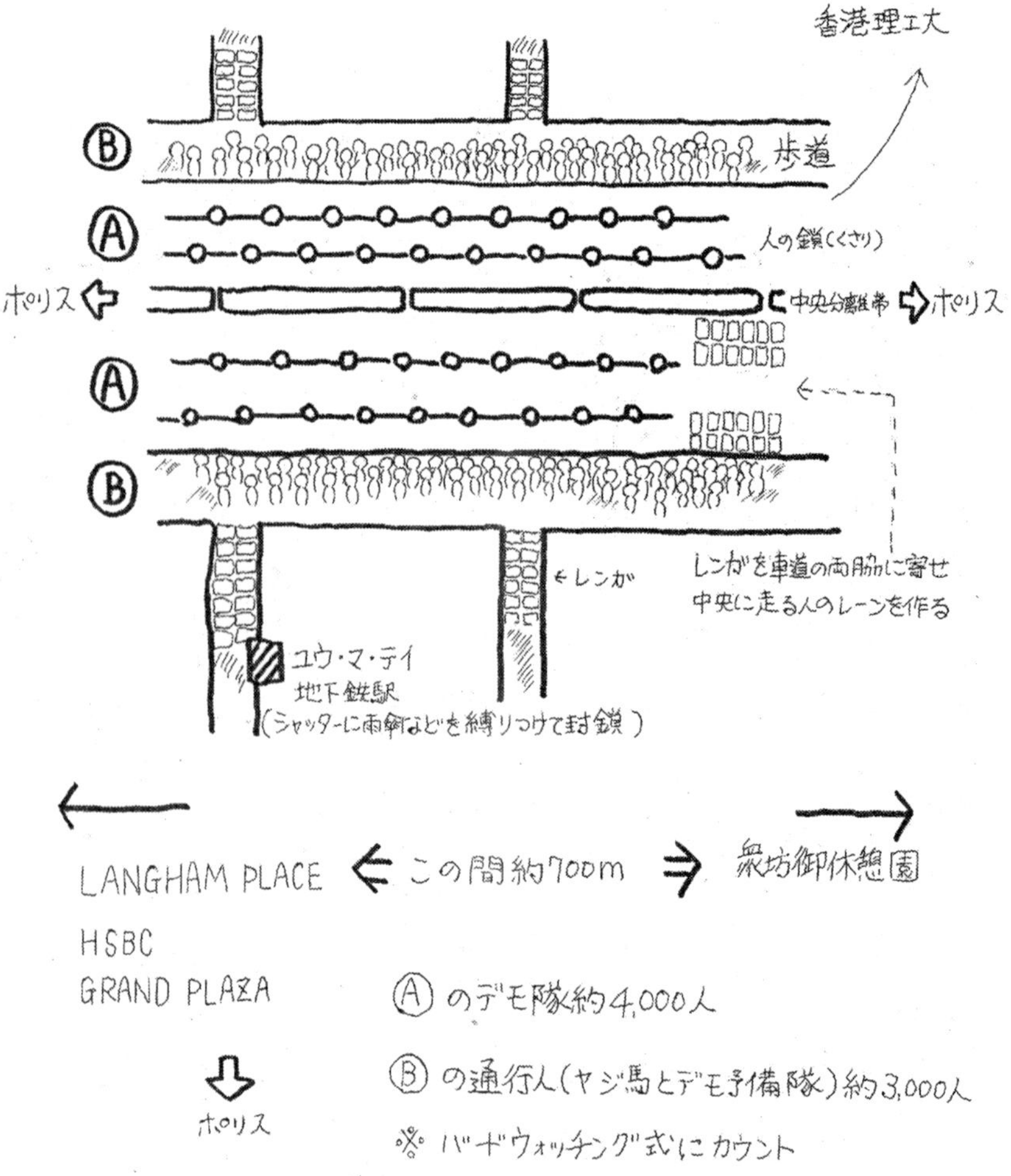
香港理工大
Ⓑ
歩道
Ⓐ
人の鎖(くさり)
ポリス
中央分離帯
ポリス
Ⓐ
Ⓑ
←レンガ
レンガを車道の両脇に寄せ
中央に走る人のレーンを作る
ユウ・マ・テイ
地下鉄駅
(シャッターに雨傘などを縛りつけて封鎖)
LANGHAM PLACE
この間約700m
衆坊御休憩園
HSBC
GRAND PLAZA
ポリス
Ⓐのデモ隊約4,000人
Ⓑの通行人(ヤジ馬とデモ予備隊)約3,000人
※バードウォッチング式にカウント

しかけ。安全を確認したら、また大通りにもどって〝デモ隊〟となる。

今度は右手の道路高架橋の方に火の手が上がった。こちらは香港理工大へと続くデモ隊の過激な部分だ。ポリスの反撃もすさまじい。すかさず催涙弾を撃ってくる。我々も路地裏に走る。何しろ日本からの旅行者である。中国人やデモ隊と間違われないよう、半袖のアロハに夏ズボンという目立つ軽装で、しかもマスクはつけていない。マスクなしの素顔に、まともに催涙ガスを浴びたらとんでもないことになるだろう。刺激に耐えられず、一歩でも遠くへ逃げる他にない。ゴム弾にも当たらぬよう、ポリス部隊からの角度を考えて建物の陰に位置している。


夜11時を過ぎた。夕べこの街に到着した時刻だ。どうやらこの時間帯が、デモ隊とポリス部隊の戦いのピーク時になっているらしい。きょうも相当の混乱となり、身の危険を感じるので、ホテルにもどることとする。そしてホテルの部屋の中で、この騒動の行く末を考える。

彼らはこれ以上損失を出すべきでない。デモ隊を中心とする若者には、すでに幾人かの死者も、多くの重軽傷者も出ている。警官隊の方だって、多くはこの香港で生まれ育った若者が中心だ。妻にも子供にも、親や親戚にも何かしら意見がかわされているだろう。その精神的な懊悩《おうのう》に加えて、たび重なる出動で、身体的にも極限だろう。

香港政府の要人、一般公務員だって同じ。そして何より経済や観光における損失は重大な局面に入っているだろう。周辺の商店街や住民の迷惑も甚大だ。

そして何より懸念されるのは、中国本土共産党政府による武力介入だ。北京天安門広場の虐殺の再現だけは回避されなければならない。

若者をつき動かした〝自由への意志〟に何らかの成果を与えて返してあげなければならない。彼らの生命や身体の健全と心の健全を奪い去ってはならない…。

彼らは、間違いなくこの場に臨場を望んだ人間の生皮までも一枚剥《は》いだ。どの民族も、どの地域の人々も成し得なかった現代〝中国〟に対する強烈な反対運動を、くり返しもう半年も継続している。中国はうろたえているはずだ。これまでいつも思い通りに、スケジュールから大きく外れることなく、周辺民族と周辺地域への武力による征服を進めてきた中国共産党にとって、こんな小さな地域の、こんな小さな市民たちに、ここまで反抗されるとは予想しなかったのではないか。（反共産党の出版物を扱った）書店主らを次々と拉致《らち》し、懲罰《ちょうばつ》を与え、雨傘運動の中心人物を罪に付し、反共産党運動を押さえ込むことに間もなく成功完了すると思っていた共産党幹部に、ろうばいと苦渋を与えた香港の若者（とその他の人々）に敬意を表する。

人生の中で、「勉強しなさい。そうすれば人の上にたてて、楽な生活ができるから。」みたいな構図で、子供たちの未来、目標を与え続けてきた社会に、突然突き付けられた、将来どころか、今奪われようとしている人間の基本的人権を、若者たちは目ざとくその問題の核心を見ぬき、行動に移した。人生の中で〝当てのない目標〟ばかりを押し付けられていた若者たちが、一目瞭然のわかりやすい目標を今手に入れた。わかりやすく、手の届くところに、〝正当な〟活動対象を見つけた彼らは夢中になっている。今次々と新しい戦術を生み出しながらデモを進化させている。新たに5つの要求も揚げた…だが。この動きの解決はどうなるのか？

思うに、香港当局と中国共産党当局の対応は子供じみている。逃亡犯条例から始まって、今回の覆面禁止法ｅｔｃに至るまで、人権というものの複雑さと付加価値、そして何よりも守られねばならない人間社会にとっての至高のものの一つであるという認識に至っていない。その学習を妨げているものがある。

中国側の彼らの貴ぶべきものは、率直に言えばお金と権力、そして一部はメンツというのが大きいのではないか。国家としての一番の使命は国民の生命、財産、人権を守ることにある。しかしながら、民主主義国家ではない中国という国家は、国民全体ではなく一部の上層階級のみに利権や安全などを保障する特権集団となっている。つまり一般的な国家ではなく、特殊な特権国家(これを国と呼べるかどうかだが)なのだ。

共産党一党独裁国家となった中国は、その70年余りの歴史の中で、武力や権力、そしてお金の力で国民と周辺地域を押さえ込む特殊な支配構造を磨き上げてきた。彼らが100年の時を経てその手の中にころがり込んできた香港を、一日でも早く自分たちだけのものにしたい、と思うのは当然の成りゆきだ。50年にわたる「一国二制度」の覚え書きだって、彼らに言わせれば、〝紙クズ〟である。覚え書き締結から22年経って、もはや彼らにとって先は見えている。その早トチリやあせりや、権力者のごう慢が、今回の事態を引き起こした。「一国二制度」などという中途半端で、何の展望もない約束が、今後長期にわたり（満期まで）温存されるとは思えない。その間にも中国本土からの香港中枢への浸透や支配、職場や経済の簒奪《さんだつ》は続くだろう。若者にとっての将来である職場への、そして何より〝人権〟への不満はますます高まるだろう。香港人の取るべき行動へのタイムリミットは近づいている。武力を含む今のデモンストレーションを越える。次なる行動とは何なのか。

〝現場から。〟

お別れ

最初の月次決算が出た。売上高41万8450円、赤字7万1228円。赤字の中には支払い済みのリース料も入っているので、実質持ち出しは約4万5000円。自分の人件費はゼロ、それでも持ち出し。経営とはこういうものか。まあ、この店の認知度が高まって、近隣のお客さまが増えてくれれば、赤字は解消に向かうだろう。しかし、やはり人件費が重い。

4月は売上高が増えた。赤字5万6231円。期待していたゴールデンウイークの5月は思ったほど売り上げが伸びない。しかも問題は仙台や福島などからのドライブ客が少ないこと。メニューは外からのこうしたお客さまの注目を引く地元魚介の地中海風にウエートがある。値段も安くはない。その理由は、800円のスパゲティのために、1時間以上の運転をして、お客さまが来てくれるとは考えられないので、それ相当のメニューを目玉にしている。しかし、地元の人にとっては1000円を超えるパスタはむずかしい。なので、地元向け価格帯のメニューもそろえた。外からのお客さま3分の1、地元のお客さま3分の2という想定だったが、実際の来店客の比率を見ていると、どうも外からのお客さまは10%ぐらいかも。

そして6月。地元特産の〝苺〟の季節が終了。客足はガッタリ減った。赤字14万1332円。ダメだ。早く修正しなければ。徐々に伸びると想定していた売り上げは伸びない前提にしなければ、そしてメニューのウエートをほぼ完全に地元に移す。塩味に続いて2度目の匍匐《ほふく》前進作戦。事業は生き残りが大前提。目標さえ見失わなければいつか思いはかなう…。

まず価格戦略。今の店は地元にとって〝高い店〟と思われている。そのイメージを変えるためには相当インパクトのある価格にしなければならない。しかも内容が貧しければまた別の効果になる。そして原価率も押さえる。

誕生したのは「ワンコインランチ鶏モモ肉の生姜焼」と「豚ロース肉の生姜焼」。いずれも肉の量は150g。スープとご飯がついて鶏は500円、豚は700円。生姜ソースはオリジナルに加工した。

それがやっと間に合い、8月は開業以来初めて、黒字を計上。（もちろん自分の給料は出ないが。）自分で担当する時間も増やした。もしあのまま赤字をタレ流していたら1年持たない。事業はいつ何時新しい局面で危機に陥るかわからない。そのためにこそ最低3年という時をかけて継続の確認をしなければならない。今は続けていくことが最大の目標。

喜びもつかの間、おじいちゃんが亡くなった。86歳。信じられない。

「飛行機はな、エンジン4つで行きたい所やりたいこと何でも挑戦できる。でもだんだんガタがきて、エンジンが2つになり、最後は1つだけで飛ぶ時が来る。だが空にいる限りは飛行機だ。」

おじいちゃんは最後まで飛行機だった。裏山の300㍍の頂上まで一気に登って行ったのもおじいちゃん。スタッフが、

「こんな売り上げじゃ、やりがいを感じられません。」

と言って辞めてしまったとき、涙目に訴える話を、なぜかうれしそうに聴いてくれたのもおじいちゃん。その顔と目の中に、赫々と火が灯っていた。それから2ヵ月と経っていない。

おじいちゃんへの焼香も兼ねて、仙台から親しくさせていただいているグループが店を訪ねて来てくれた。

会社勤めをしながら、自宅でパン作りを究める美穂子さん。飼いネコに夢中で、まわりの男性をネコになりたいと思わせているクマちゃん。アクセサリーのハンドメイドで新しい世界を拓いている夕子さん。

そしてお母さん。89歳の今も週2回はマージャンサークルで勝ち続けている。田中

角栄さんと小唄を共にし、裕次郎さんが仙台に潜んだ時にはー杯お付き合いした…などなど、想像もできない経歴の人だ。心の中に味の星となって輝くレストラン「ル・ポットフー」と同じ地元。

そして運転して連れてきていただいたのは、仙台の郊外で大農家を営むイトさん。今は定年退職されて第2の職場にお勤めだ。前職の退職に際し叙勲をいただき、その記念の花のマークが付いたドラ焼きを、みんなで味わわせていただいたものだ。

なじみの同じレストランで同席させていただいているメンバーなので、何かと味の相談にも乗ってもらった。きょうはきっと「しょっぱい」っていわれる。

おじいちゃんの百ヵ日の法要が終わり、母と一緒に玄関にお別れを告げようとした時、母の兄菊一郎さんが呼びとめる。

「ちょっと見てくれる?」

家から10分も歩かない北手の丘の上に連れていかれた。

「あっ、ここ炭鉱。」

忘れられない、おじいちゃんと数々森の中の探検をした場所。戦後の燃料不足を補うため、専門家と一緒に里の人たちが亜炭《あたん》を掘った。阿武隈山地一帯は亜炭にも恵まれていた。そのズリ山がなだらかな丘を造って、子供たちの恰好の遊び場だった。子供の頃の遊びを、おじいちゃんは世代をつないで伝えた。スギ玉鉄砲、ネコ玉鉄砲、山吹のスポンジ玉鉄砲、松の脂根の松明《たいまつ》（ただしこの松明で旧炭鉱の洞穴探検だけは絶対禁止だった。）、秋のきのこ狩り、冬は雪がなくてもカラ松の葉っぱを集めて坂にバラ撒き、ソリ遊び。

小刀も使わせてくれた。竹とんぼ、釣り竿、むずかしかったのは鳥カゴ。作るのに1ヵ月もかかる。

初めは3歳ぐらいの時だったと思う（覚えていないが）。母が2人目の女の子を出産して、しばらく実家に預けられた。おじいちゃんは田んぼや牛の世話の合い間に、

「奈央、ディズニーランド行こう。」

それが合言葉だった。

そのディズニーランドに伯父は案内して、

「ほら、突き当りの小さなガケ、ちっちゃな小屋、見えるでしょ。」

見える。中にろうそくを入れるランタンのようなトンガリ屋根の建物。

奈央が来るから、使わせてやってくれ。亡くなる前、そう伯父に言葉を遺した。

SUBAKO

森の中にポツンと佇《たたず》む小屋の中に、おじいちゃんは、どんな気持ちを込めたんだろう。

大学を出てから数年教師をしていたけど、おじいちゃんのお父さんが急死して農家を継いだ。以来、本も読まないような生活をずっと続けて、いろんな作物を手がけ、肉牛の肥育やカラ松の植林など、新しい事業にも挑戦し、子供たちを育てた。家督《かとく》を菊一郎さんに譲ってからは、しょっちゅう旅に出ていたという。旅に出て、新しい人新しい風景に出合い、自分の日々をふり返っていたんだろうか。多分、ふり返った先に、ほんの自宅の目と鼻の先に小さな新しい世界をみつけた。

それがこの小屋。おじいちゃんは何て呼んでいたのか分からないけど、新しい名前は、〝巣箱（ＳＵＢＡＫＯ）〟。

人生で迷い始めた心を見すかすかのように、手紙の中に「没林の鳥」の安らぎを語ってくれた。今まさに起き出してエサを求めて1日中かけずり回り、心も体も折れそうになりながら森の中に帰って来る。

飛んで帰って来る訳じゃないけど、早くこのＳＵＢＡＫＯの中に納まりたい気持ち。朝、梢《こずえ》から声をかけてくれる野鳥との会話。こんな毎日をやっぱり楽しんでいたに違いない。

小屋の中には本棚が残っていた。名前も知らない郷土の詩人たちの本、ギリシャ神話、そうそう、昔々ギリシャよりももっともっと強くて文化の発達した国が黒海という海の方にあって、船でいろんな珍しい物を売りに来る。遠くインドやアジアの物、絹や宝石…甕《かめ》に入ったワイン。

何千年も前の神話の世界の物語が、子供の眠りを誘った。眠い目をこすりながら、実際に物語の星座を求めて星空を探索したことも。だからこの本棚は時を超えた宝庫でもある。1冊ずつ、掘り起こしていこう。

「こんちは〜。」

窓に軽トラックが近づいて来て、宇田川さんが現れた。荷台に薪を満載して。

「近くの果樹園の人が持ってってていいよ、と言うから持ってきたよ。」

宇田川さんは重機の仕事をしている。クレーンや大型の発電機なんかを修理したり現場に貸し出したりする。ハンターでもある。

「これ、日本ミツバチの。」

ハチミツ。おみやげはいつもビックリするものばかり。北海道で獲ったエゾシカの肉の時もあれば、イノシシやヤマドリのことも。とにかく自然のものばかり。お父さんのお友達。

SUBAKOに住んでいる間は、とにかくゼロ円生活。電気は太陽光パネル＋蓄電池の小さな自家発電システム。水は湧き水と屋根の雨水。暖房は薪。（さすがにちょっとお湯を沸かしたり、鍋で調理する時はガスのカセットコンロを使う。）だから薪は貴重な生活物資。でも買って調達すればとても高い。軽トラ満載なら、冬場のひと月半分になる。

この日はSUBAKOの森の大きな枯木を2本、チェーンソーで切ってもらった。松枯れ病は日本全国の松に及んでいる。ここでも、大きな木ほどひどい。倒れれば、SUBAKOにも被害が出そうな近さだったので来てもらった。そして倒した大木をあっという間に玉切りして薪の材料にしてくれた。

「ピザ、とってもおいしかったよ。あれなら繁盛《はや》るね。」うれしい。ピザを持ってお願いに行ったのだけれど、薪代も、木の伐採代も要らないという。それじゃあんまりなのでどうしよう。

宇田川さんには子熊を育てた経験がある。冬場の狩猟期の最後に熊を仕留めたのだが、穴の中から乳飲み児が2頭、ヨチヨチ出て来た。高価な犬用の乳料を買い、4時間おきに哺乳し、子熊のおしりをなでて排泄を促し…。とにかく2頭（ゴン君と花ちゃん）を夫婦で6ヵ月育てた。自然界に育った熊の場合、6ヵ月で体重は約10キロになる。でも愛情たっぷりの宇田川さんは、ハチを与え、キュウリを与え、モモやナシを与え、倍の20キロに育てた。途中家出したこともあった。2頭で脱走し山へ。しばらく帰って来なかった。「ああ、自然へ帰ったんだナ、それならとても結構。」と、淋《さみ》しくも喜んだが、結果は縁の下。やはり自然には回帰できなかった。ある時再脱走して、近隣の住人に見つかり、「クマだ!」ということになって始末書を書かされたことも。

あまりに早く成長するので、民家ではもうこれ以上飼えないという判断になり、ゴン君は近くの養魚場の番犬となるべく引き取られ、(番熊と言うべきだが実際養魚場の先輩番犬たちに教育を受けた。)花ちゃんは関東方面の動物園に引き取られた。別れの数日前、花ちゃんはしきりにお父さんと相撲を取りたがったという。お父さんは何度も負けてあげた。自然界の熊では、2歳になった初夏に親子は別れる。子熊はもちろんそんなのイヤだ。そこで、母熊は子熊の大好きな木苺の林に2頭を連れていく。昨年も行った筈のその場所で、子熊たちは夢中でイチゴを食べる。しばらくして気がついてみると、母熊はいない。『イチゴ別れ』という。

イチゴが出たので、ちょっと先まわりして、フードコートの初夏の季節。相馬、山元、亘理はイチゴの最後の出荷が始まる。こっちは「イチゴとの別れ」だ。あとは冬前のXmasシーズンまで、株分けして大切に苗を育てる。この混雑が終わると、客足は少なくなって梅雨を過ぎ、客足が戻るのは夏休みに入ってからだ。その間の企画をいくつかあみ出さなければならない。初年度は一番赤字がかさんだ月々だ。

同時出店の3店舗が何度も知恵をしぼって協議を重ねてきた。オープン当初お試しの単発だったビア・ガーデンを、今後はレギュラー化しようという案。とてもありがたい。イタリアンやフレンチという業態は、実際はランチタイムだけでは成り立たない。おいしいものを出そうとすれば、食材の種類や品質にこだわることになる。チーズにしてもオリーブオイルにしても、パスタ本体やバルサミコ酢にしても値段は2倍3倍の開きがある。ましてやヨーロッパは急なインフレで、日本の輸入価格は2倍に迫っている。

夕食のディナーの予約が入ってこそ、こうした食材が使える。そのおこぼれをランチで使うから他店との差別化になる。お客さまにとっても、店にとっても良い循環ができ上がるので、よく「お客さまがお店をつくる。」といわれる。また泣きごとが出ちゃった。

5年かかっても10年かかっても、この地にイタリアンの根を張るんでしょ。それができないで他人様の仕事のお手伝いだの成功の確率だの並べるんじゃない！

とりあえずの課題は午後のカフェタイム。せめて人件費をまかなえるだけの来客につなげなければ。それにはおいしいスイーツ、そしておやつになるピザやトースト。できることはまだまだあるじゃない。来客1人ひとりとの微《かす》かなふれあいの中から、お好みや友人の方々と過ごす時間の情報などをひろっていかなければならない。フードコートのお客さまとのカベを、どう払いのけていくか。

流転

民族の融合には必ず未来がある。ひとつの民族を消し去ろうとするような動きに、未来はない。その意味で難民や移民の一つの大きな通路になっているバルカン半島の人々、そしてボスニア・ヘルツェゴビナやセルビアの人々の寛容に光を見出さなければ…。なぜ西側のヨーロッパはセルビアとの国境に鉄条網のカベを作ったか。幼稚園の子供たちの声がうるさい。公園の隣にいて、人々の話し声に耐えられない…。自分が育ってきた過程に耐えられないということは、自分が存在することに耐えられないということにならないのだろうか。

こんな風潮がある中で、日本の移民受け容れは進むはずがない。日本がアメリカやカナダよりずっと先に、そしてより多くの民族を受け容れてきた歴史など、とうの昔に忘れてしまったような世の中になってしまった。

風と潮の流れで大陸や南の島々から渡って来た原日本人は、対馬海流と太平洋の黒潮の流れをうまくキャッチすれば、日本列島のどこかに漂着することができた。もし航路をあやまったり、暴風に襲われたりすれば、たどり着けない。チャンスはほぼ1度きり。日本列島か離れ小島の1つにでも上陸できなければ海のもくず。だから先住した原日本人は、新たに流れ着いた人々を労《いたわ》った。自分と全く同じだったからだ。

そしてその人たちが持ってきた情報の中から、自分たちの祖住の地がいまどうなっているのか、残された同胞は安住できているのか。そして情報だけではない。建築の技法や道具など、たくさんの〝舶来〟ものをありがたく受け入れてきた。

目先の受験勉強に追われ、狭い専門領域で仕事をして定年を迎えた高齢者や、その家庭の中で育った子供たちが、他国や他の家庭のことを考えるゆとりなど無くなる。それをカバーすべき教育が、その最大の原因なのだから方途は限りなく遠ざかる…。

森の中、SUBAKOの中で、1人で過ごすことの多くなった自分に、子供の頃からのさまざまな問いかけが襲いかかる。昼は昼でまるで別世界のフードコート。

フードコートという自分にとっては全く新しい、そして理解のむずかしい社会現象を、ともすれば敵対的ともいえる対象として考えがちにもなる。だが世の中に成立していくものは、確かに人々の需要を捉えている。それが一時の実験的〝需要の創出〟だったり、旧弊の破壊現象であったりもするけど、やはり残るものには社会の賛同があると思わなければいけない。フードコートへの見方も、日々の悩みを重ねる中で10度・20度と角度を変えはじめた。

高校時代に我がワンダーフォーゲル部の顧問だったケンさんのあらましが分かってきた。相馬地方には江戸時代から盛んになった焼きものの歴史があり、幾つもの窯が現代につながっている。窯元の1つに生まれた彼は、幼い頃から焼きものの才能を発揮して、兄たちよりも窯を継ぐのにふさわしいと見られていたようだ。

大学も芸術大学に進んだのだが、なぜか表現の専門を選ばずに、歴史学の方に進んだらしい。

仙台にある芸術系の団体に勤めていた時に趣味の登山のつながりでワンダーフォーゲル部の顧問だった。

結婚もしていたらしい。

郷里に帰って新しい勤めの傍ら焼きものを始めているという。

郷土の生活史における歴史的な発見が相次いでいると、ある日、満面のうれし顔で話してくれた。

2度目の春

2度目の春、山桜は満開を迎えた。歌い始めて間もないウグイスが、よちよちと声を出す。

売上高はあい変わらず45万円程。赤字は出なくなったが、自分の給料はやはり取れない。週のうち2日は仙台の事務所に通わせてもらって、その収入で生活。そのうちにこの町で過ごす4日間は、レストランの運営だけではなくなってきた。

塩味の濃さで震撼したあの驚きは、同時に何か他に食味や食材で隠されているものがあるに違いないという確信めいたものを抱かせる。まず食べ歩こう。シフトのあい間をぬって、昼食・夕食と、近隣の町の食堂を訪ねる。鳥の海や松川浦といった天然の良港からは地物の新鮮な魚介が揚がる。うちもそれを使ってホッキピザやハラコスパなんかを試している。しかしどの店にも観光客は戻っていない。単価の安い地元向けのメニューだけになっている。

そして何より、休んでいる名店や廃業してしまった店も多い。世界中にグルメが踊り、それを日本式に加工して持ち込み、実際に店舗まで作って流行らせてしまったあの熱気みたいなものは、ついにこの辺りにまでは及ばなかった。今動きが続いているのは、ラーメンとそば、そしてジェラートくらいのものか。それでも締めきれない。町の片隅に、とある森の中に、連綿と続く営みや、若いエネルギーの発生がどこかに隠れているはずなのに…。

バルカン半島

ヨーロッパ大陸には幾つかの大きな半島がある。北欧のスカンディナビア半島は、ノルウェー、スウェーデン、フィンランドなど。南欧のイベリア半島には、スペインとポルトガルなど。イタリア半島という呼び名は聞かないけど、そこにはイタリアなど。ペロポネソス半島はギリシャ。いずれも三方を海に囲まれている。

バルカン半島は、といえば、三方を海に囲まれているとはとても言えない。ちょっと前までは東ヨーロッパと呼ばれた、ヨーロッパ大陸の東南部に位置する陸のかたまり。これがなぜ半島なのかは、多分、ノアの方舟《はこぶね》の時代まで遡《さかのぼ》らなければならないかもしれない。

思うに、小氷河期があけて、世界は一度水びたしになった。黒海も今よりはとても大きかったに違いない。そこに流れ込むドナウ川の川幅も広大だったろうし、黒海に連なる幾つもの湿地や湖、汽水域もあった。（その後、黒海は淡水湖だったと知る。）それらとエーゲ海、地中海、アドリア海に囲まれた山地は、まさに半島だった。スロベニア、クロアチア、ボスニア・ヘルツェゴビナ、セルビア、コソボ、モンテネグロ、アルバニア、北マケドニア、ブルガリアそしてルーマニアの一部は、ドナウ川と湖と海に挟まれた半島だった。そして忘れてならないのは、ここが古代から現代に至る定住部族と移動民族との坩堝《るつぼ》であること。先史時代から人々の移動は、主に川沿いや海沿いだった。人々の交流や物資の交流は船やいかだが大きな役割を担っていた。だからこれらの国々は、ドナウの川沿いに建国されている。現代の人の移動とは全く別の人々の動きが、バルカン半島に残されて現在に至っている。ヨーロッパ西部とは、埋め切れない段差のような時間の壁が現存する、それがドナウの流れなのだ。

ソフィアの大学で3年過ごす間に、これまで西ヨーロッパの視点、あるいはそのメディアの視点だったバルカン諸国への見方が、変化したと思う。現代に生きる人々はやはり現代の視点で世界を見る。いちいち、その国や地域の歴史の流れなどは追わない。でもそれが、そこに住む人々への誤解や、人々との衝突になってしまうこともある。主役はあくまでもその場の人々。

ふり返ってこの2年にわたって小さなレストラン事業に従事した自分の、この地域との暮らしは？

小さな、あるいは経済的に薄いと予見した地域への見方はそのまま？

「もう限界。来月から値上げしま〜す。」

同じフードコートに出店している店長さんが知らせてきた。

食材の値上がりはひどい。580円だったオリーブオイルは980円に、330円だった鶏肉は550円に、もっとひどいのはチーズ、8000円だったものが今や1万5000円と倍近い値上がりだ。他店の食材も、代用のきかない値段の張るものがあるに違いない。前は値段の安さで仕入れていた輸入食材も、国産とさほど変わらない値段になっている。でも国内の生産はそう急には増えない。

こんな現象は食材に限らず、いろんな生産分野でも出てくるだろう。生活のあり方も、一度見直す機会かもしれない。

そこにまた出費の情報。

「お札が変わるんだって、7月で。」

えっ？ この前500円玉変わったばかりじゃん。また券売機を直すの？

小々事業者にとって、そんな10万円を超える突然の出費がどれだけ痛いか。誰か今のお札で不便や損の経験ありますか、なんて聞いてみたくなる。全国の店や自販機、交通切符の売場など、どれだけ改修に手間がかかり、費用は誰の負担になるのだろうか。

いずれにしても、このフードコートのレストランは守り抜く。人の問題、食材の問題、お客さまとの関係、（幸いにしてまだ資金繰りの苦労はないものの）小さいながらも事業の全方位を体験できる。コンサルを続けていた中で、突然の問題発生に、事業主側もコンサル側もすぐに対処できなかったばかりに、撤退を余儀なくされた事例を幾度も見てきた。ここで積んだ実体験が、やがて自分の仕事の宝になると固く信じている。

自分が生まれてこの世界と向き合っていることの最大の意味が、日々の中にある。ああはなるまい、こうはなるまい。しかしそれはあくまでも外の風景。もっと内なる自分とこの世界の接点を見つけて育てなければ。批判する自分など要らない。選択ばかり考える自分も要らない。選んだのならその中に宝物を見つける。迷うなら、自分の中で迷う。森に包まれたＳＵＢＡＫＯの中で。

それってある意味、進化？

ちょっと違う。進化などという変化ではなくて、どうやら自分がこの地域に1歩、体重を移動して踏み込んだのか。自分の生活、あるいは自分自身にとって、別の対象であったものが、今は自分の一部になっている。確かに子供時代にワクワクドキドキしながら出合った体験や景色は自分のもので、自分の中にしっかり取り込まれてはいたけれど、それはどこか思い出のような、遠い時間の置き物だった。

それが記憶のどこからか、あるいは心の芯のどこからか、今の自分へと呼び声をあげ始めた。そして実際に動いた。

幸いなのは、記憶の断片にしかないと思えるような懐かしい場面や景色や生活の一部が、まだこの地域に現存していることだ。海から山を越えて川へ。川から峠を越えて山里へ。いくつもの山ひだを縫うように進んで行くと、どんどんと人々の暮らしの現在に出合う。その現在の形の中に、実にたくさんの歴史的な生活のパターンが織り込まれているのを感じる。

それが今後とも変化に見舞われるであろうけれども、しっかり連続して行くような気がする。

訪ねて行った先々で、出合った印象、それはどこかバルカンの山深い村里の、石に囲まれ、粗削りの丸太や角ログの壁に囲まれた家々の暮らしに重なる。あちらは今後とも力の侵略、経済の侵蝕に怯えながらの暮らしになるだろう。でも歴史を見れば、彼らは負けない。自分たちの民族を守りながら、きっと同じ境遇の他の民族をも助けるだろう。

こちらは？

危うい。全体的に。守ってきた生活の連続が、途切れることはないにしても、せっかく希に見るような独自の生活文化の歴史の糸が、途切れるのではないか。

地方の生活は中央からは見えない。集中と効率が主なテーマの行政にとって、まさに逆の生活価値。でも、それが今後の日本を、生活の豊かさを守ることになるのかもしれない。

今は多くの家庭が崩壊しているか、またはその危機に瀕している。フードコートで見かけるシーン。どんな家庭なのかまでは推し測れないが、極端に言えば、家族は家庭にいるのではなく、個室の集合にいるのだろうと思えてくる。集合住宅とは1家族1軒分のエリアで、何軒もが集まった建築物だったが、ここでは1人1軒ずつが1家族合わせて1つの集合住宅となる。その昔、都会とは「隣の人は何する人ぞ」という社会だと、近代都市の変化を揶揄《やゆ》したそうだけど、今は社会の全てで「隣の人は…」になった。当然揺り戻しはあるだろうけども、この流れは行き着く先まで行くと覚悟しなければならない。そこでは人々は、何種類かの価値観に分かれた別種を構成するだろう。マナーの教育などという次元ではない。

家に居ながらネットで買い物をし、代金も決済、品物が届く。これはアリ。家に居ながらバーチャル空間で旅をする。これもアリ。家に居ながら人と会い、恋愛をし、一緒に食事もする（そんなバカな）…家に居て何でも済ませ、ほとんど外出もしない。もちろん外では誰とも話をしない…。そうならない保証はない。

人々は多様性を楽しみ、自分ならではの好みや生き方を求めていく…けど、見方を180度変えれば、ある人がひとつのソフトで億単位の人の関心を集め、限られた情報の中へ人々を閉じ込めようと謀《はか》る。経済的利益を追求するがゆえに、その対価だけに意識が集中し、人々を誘導していくことに自らも無意識になっていく。

全ては選択の自由。だけど、別な手法で、国民をある方向へ誘導していった歴史だってあるのでは？

〝難民〟とは、生命の危険に置かれた人々。そこから逃れる行動の制限を受けている人々。生活に必要な食料や物資も不足している人々。難民を作り出す人の対局にある人々。

だからこの国では、餓死のどうのという最悪の事態や大災害が起こらない限り、難民が発生するとは考えにくい。

でもこうして毎日を送るなかで、ひしひしとこの国の〝難民化〟が進んでいると思わざるを得ない。

バルカン半島で遭遇したシリアや北アフリカ、そしてアフガニスタンなどからの難民。大航海時代を経て、ヨーロッパ各国の植民地侵略が生んだ被支配地域の人々の移動や移住の歴史。国家を名のりながら、一部の政治集団が自分たちの力と利権に反する国民を虐《しいた》げる場面。

留学先で、地方記者だった時の活動で、コンサルタント会社の営業や企画作りの場で、さまざまな人と出会い、考えさせられてきた。

幸い、この国に難民はいない。（難民を受け容れる政策も取らないけれど。）この国に生まれ育った幸運と、子供の時の大切な体験や感動を礎に、ようやく自分の力で踏み出した1歩が、その事業を続けていく現場を中心に、また新たな難民問題へと意識を引きずり込んでいく。

サラエボ

今も記憶の中で、アメリカ国旗の半旗が、風を受けてハラハラと大きくたなびいている。サラエボのアメリカ大使館。

サラエボは高速道路も一歩手前の空港までしか完成していない。市内に入るには旧道のような2車線の道路を渋滞しながら進むしかない。バスがようやくターミナルに到着し、荷物を手に市内に歩いて向かったのだが、その途中に広大な敷地のアメリカ大使館があり、その前を通ったときのこと。きっと大統領経験者が亡くなったんだな、とその時は漠然と予想した。

ホテルに入ってテレビをつけると、中東衛星放送局アルジャジーラは、サウジアラビア人記者ジャマル・カショギ氏（59）の殺害疑惑を繰り返し報道していた。どうやらアメリカの大統領経験者の死去ではないようなのだ。

あとで分かったことだが、時を同じくして、ブルガリアのテレビキャスターであるビクトリア・マリノバさん（30）が、性的暴行を受けて殺害された事件も起きていた。

アメリカ大使館の半旗が、何を意味していたのかは分からずじまいだけれど、同じ記者経験者として自分の心の中で、旗は激しく動いた。

サラエボの街は意外に小さく、川沿いの数キロが中心街だ。活気があり、さまざまな人種の人々が混在している。もちろんスラブ系の人々が中心なのだろうけれど、トルコ系やイタリア系、アラブ系、ギリシャ系なども等しく多いように見える。それ以上の判別は自分には無理…。キリスト教系の服装の人もいれば、イスラム教系のそれもあり、イタリア系の人々は多分カトリック。山岳民族やギリシャ系の人々はギリシャ正教系だろうか。街のカフェやレストランはほとんどがお酒を出さないし…で、やっぱり理解の範囲を超えている。

この街の居心地は悪くない。というより、それぞれの文化を乱さない限り快適、という意味。店の入口に立つと初めは〝この人中国人?〟てな目で見られがちだが、ちよっと会話する間にうち解ける。2度、3度と通えば、きっとお友達になる日も近いだろう。

バルカンの隠れ里であったろうサラエボは、街の中にいくつかの飲泉所がある。湧き出る水は美しい。この隠れ里で、人種・宗教・歴史もまちまちの人々の集団が、それ程のあつれきも生じさせないで共生してきた歴史に、ある時大きな力のひずみが生じた。きっとこの小さな街から遠い外側から生じた、大した意図もないひずみであったかもしれない。

あるいは、また強い意図を持ってこの集団にのしかかってきた力だったかもしれない。その力がある時、地域とそこに生きる人それぞれの心に大きな働きかけをしてしまった。人間の強迫観念を呼び起こすことは簡単なのかもしれない。反対に優越感を育てるのも容易なのかもしれない。それやこれやが、一部の人々の理性ある制止ではどうにもならない事態にまで発展してしまった。

ミリャツカ川の対岸からオープンカーで渡って来るオーストリア皇太子をセルビアの青年が半身をかくして狙撃した建物。

2年半にわたるセルビア軍の包囲戦を耐えぬいた小さな街。当時の銃撃や砲撃の弾痕をそのまま全身に残している建物もめずらしくない。なぜか、この街を離れるのがためらわれるような気持ちで駅に向かわざるを得なかった。

ハトの群れは突然現れた。

バタバタバタバタと灰色の人々の群れが、空から舞い降りたかのように目の前の広場を埋めつくす。ムスリムのレストランで昼飯を済ませ、外の水飲み場で無料の水をペットボトルに汲んでいる親子の脇で、どうやら店の余り物の食料を配布したらしい。人々の群れはすさまじい勢いでその数を増し、食料を奪い合った。ランチの営業を終了すると、この店はいつもこうしているのだろう。

駅のカフェでぼんやり眺めていたので、目の前で繰り広げられている事態の理解がどんどん後まわしになっていく。

今度は車だ。食料配布の活動をしているらしいデリバリーカーが乗り入れてきて、そこへ向かって人の列が長くでき上がっていく。恐らく150人程か。このバスと鉄道の複合駅の広場に、路上生活をしている難民のほとんどが並びつくしたようだ。彼らはこの広場に続く公園の先にも一団を作っているので、合わせれば300人ぐらいにもなるのか。

1時間ぐらいで配布を終えた頃、先程のレストランの横でさわぎが始まった。走り集まる群衆、そのうちの1人が駅舎の隅のカフェからイスを1脚持ち出すと、もう1

つの群れを追いかけてイスごとなぐりかかった。そこからは手がつけられない騒乱となった。二手に分かれて互いに石投げあう事態となる。こぶしの倍もあるような大きな石だ。カフェのテラスに座る客の足元にまで飛んでくる。やむなくカフェの奥に逃げ込む客たち。しかしカフェのマダムは全く動じる気配がない。

KAZIKA

ウグイスの声もスムーズになった頃、ケンさんからはずんだ声で連絡がきた。

「オレたちの町がいよいよ世界のまんなかになるよ。」

えっ、どの町？〝世界〟って言った？

「この辺りの町って、何て呼ばれる？」

「フツーに常磐《じょうばん》かな。」

ケンさんいわく、でもそれって、茨城とかいわきの辺りが中心でしょ。県北や仙南や浜通りもありだけど、やっぱり中心ではない。宮城県の浜通り南部から福島県の阿武隈山地や浜通り北部の生活文化や言葉が、とても以通っているのに、近接する大きな都市、例えば福島市やいわき市、仙台市などに引き寄せられるように分断されてしまっている。明治や徳川時代や、その前の鎌倉、平安時代よりももっと遡って、東北が日本の中心だった時代、例えば縄文時代ならばどうだったのだろう。なんてこの前は何時間も話したっけ。

最上階の大きなガラス窓いっぱいに、海が広がっている。それも太平洋だけではない。大海の水平線の手前に、海岸線が防波堤になっていて、一直線に道路が走っている。その手前が潟になって横いっぱいに広がっている。松川浦だ。その奥にある、ちょっとオシャレなカフェ。そこから見る海の景色は、ひとつの窓に外海と内海が共存している。なんてぜいたくな眺めなんだろう。

「ここが世界のまんなかだっておかしくないよね。」

短絡的にそういう意味かと思って答えたのを覚えている。

「右の手のひらを上に向けて。」

いきなりマジックか。

「グーの手から人差しゆびを伸ばす。」

このゆびとまれが寝ている。

「これが北阿武隈半島だ。」

カフェのバイトの子が見ている。

「昔はこの人差しゆびが、全部海に囲まれていたんだ。」

指す手岬か。

「そして手のひらの本体は、東は太平洋、西は阿武隈川に囲まれた半島だった。」

あっ、バルカンだ。


世界の中心かァ。

地球は丸いのだから、その中心を求めれば地中深くマグマや核の中だ。表面はどこも地表の一部に過ぎない。そこでの中心探しはあくまでも条件付きだ。

世界で一番人口の多い所、世界で一番標高の高い所、世界で一番ファッションに敏感な所…。お金や情報が集中してビジネスチャンスの多い所が世界の中心だと思う心は分かる。

でもそれは比較の世界。

他と比較して判断してばかりいたら、幸せは来ない。結婚して（ダンナを他の男性と比較して選んで）子供が生まれ、成績がクラスで何番目かで喜んだり、隣の家が45型のテレビを買ったからウチも買い換えたい、反対側の家のクルマが3000ccの外車になった…。

幸せは比較をやめることから始まる。

これはウチの父の論。普通のサラリーマンがたくさんの場面で比較上位に食い込もうとすれば、犠牲になるのは家族。受け持った仕事とお給料で家族が幸せに毎日を過ごすには比較を避ける工夫が要る。

我が家のお正月は2日に書き初めがある。新年の自分の目標を家族4人それぞれが筆に込める。終わる頃にお客様が来て茶会。お正月料理の次はカルタ取り。百人一首は子供の独壇場。

思えば高いお正月料金を払って温泉に行ったりする余裕がなかったんだろうけど、子供たちは毎年そういうもんだろうと。


ゴールデンウイークは、母の友人が川崎町に住んでいて1泊して山菜摘み。

山に出かけるのは姉妹2人と家の主の勝《まさる》さん。マタギスタイルとまではいかないけど、長そで長ズボンに長ぐつ。頭に手拭いを巻いて竹の籠を背負う。籠は勝さんの手作りで、子供用のもあった。

田んぼに水を引く水路に添ってだんだんと林の中に入っていく。

少し伸び過ぎてしまったフキノトウ。でも勝さんは何本かを籠に入れる。

「芽の出たばかりしかみんな採らないけど、何の、伸びた茎の皮をむけばフキとおんなじ。」

あとで茹でたのをごちそうになったら、本当に香りも食感も若いフキだった。

コゴミ、ゼンマイ、コシアブラはまかせて。

「奈央ちゃんよく知ってるネ。」

それはおじいちゃん仕込みだもの。でも知らない山菜もいくつもあった。大イタドリやアザミ。

「これらは地域によって食べる習慣がないから、ライバルはいないよ。」

以来〝ライバルなし〟が人生のテーマの1つに。


ケンさんは手のひらを上にしたグーを自分の右手で作って、人差しゆびを伸ばしながら、「この手の中、親ゆびから小ゆびで包まれたひと固まりが、世界だったんだ。そこから海に突き出た人差しゆびの細長い岬が、外海と内海をみごとに分けて、何とかして突端に出れば、その先はもう別の世界。」

この中に何千年も、もしかしたら何万年も世代を承け継いで人が定住してきたとも考えられる。

「手首とそれから伸びる人差しゆびの地域は、海と川を生活や交流の重要な場としてきた阿武隈の人々にとってとても大切な場所なんだ。だから世界の中心だった。」

何だか現在と過去がゴッチャになってきた。

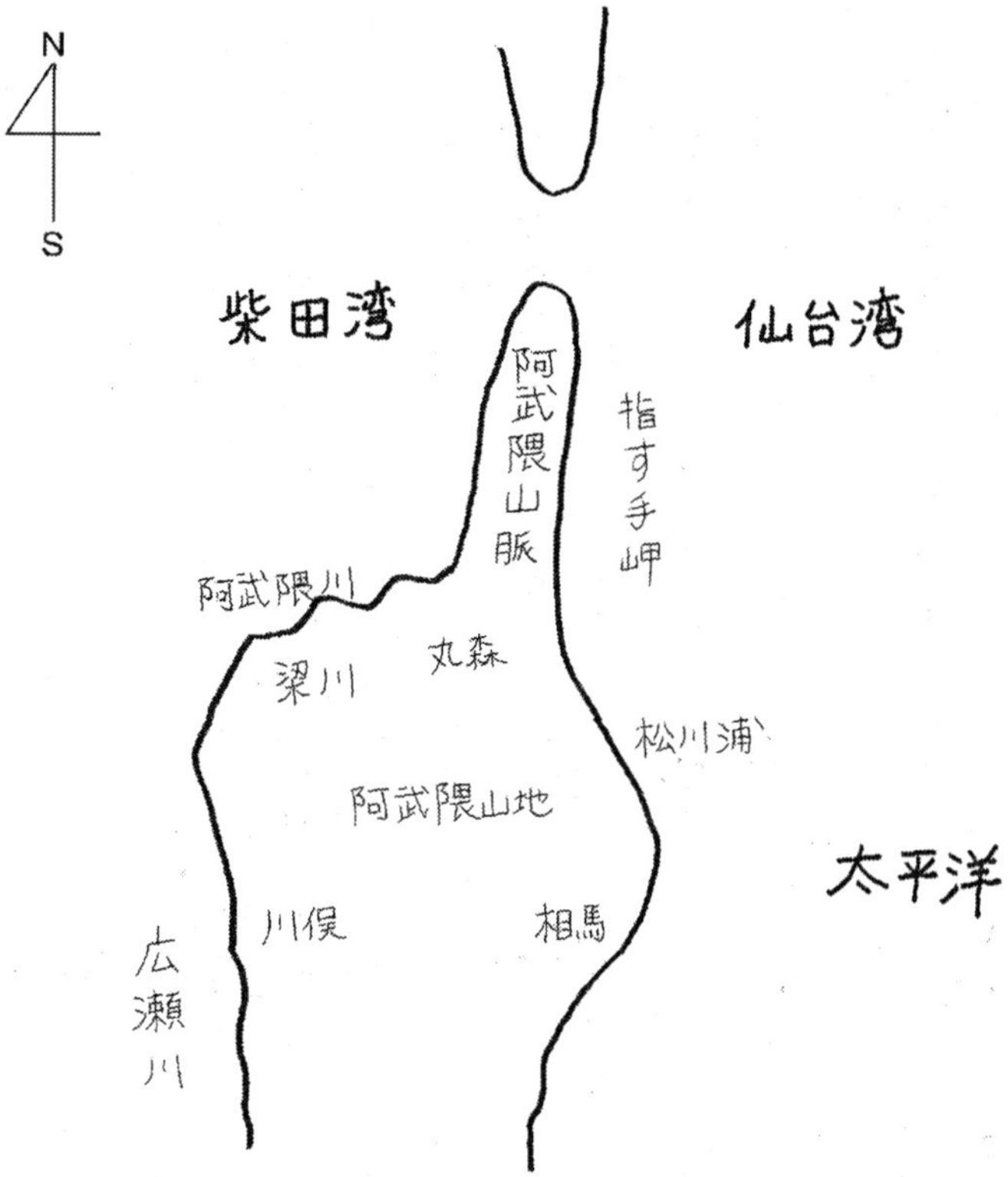

KAZIKA半島

「今はそうじゃないよね。」

「だからなんだ。今ばっか追っかけてるオレたちが、どっか片寄ってきちゃってるんだと思う。昔の人たちって、100年200年後のことを想える人もいた。同じように500年、1000年前からのことを引き継ごうとする人もいた。今どうだい？　大学や博物館でならともかく、人ひとりの中でそれを掘り下げている人なんかいる？」

言われてみれば、大学や博物館というのは、人の知的感性的追究のきっかけを提供しているのであって、そこに従事している人だけに特別のテーマを投げている訳じゃない。今生きようとする一人ひとりのテーマなんだ。

「それで考えてたんだよ。この頃ずっと。何ともズバリ表現しにくい自分たちのふるさとのことを…。仙南でも、福島の浜通りでも、常磐《じょうばん》のはずれでもない、ここの表わし方。現在から過去に何千年も遡《さかのぼ》って、そして今から100年後500年後にも繋がる呼び名。」

それがあるなら、福島や仙台や東京の比ではない。何？　早く！

「ＫＡＺＩＫＡさ。」

横文字かァ。ま、この先１００年５００年なら…。

「違うよ、原名は日本語で、Ｋ（きた）Ａ（あぶくま）Ｚ（ずっと）Ｉ（いい）Ｋ（くらし）Ａ（あなたと）」

「Ｋ・Ａ・Ｚ・Ｉ・Ｋ・Ａ、ああ、頭文字ね。」

人々はずっとカジカと共生してきた。これなら人間だけでなく、自然や動物たちとも未来永劫、お互いを大切にして生きていける。そこでふと。店の重心移動のことにもつながっていく。

店の方針を変え、今風の都会的な（ややイタリア的な）地元素材の季節感や特徴をきわ立たせるメニューから、タイトルを見たらピンとくるような周知の料理にスライドさせてきた。イタリアン洋食屋みたいに。まず店の存続が第一。それが固まってくれば、徐々に当初の目標に近づけていけばいい。最初から最後までこだわりを100％近く固めていけるほどの、資金的余裕はない。

同時に自分の姿勢も変わってきたことを感じる。これまではやっぱり自分の提案する料理に近づいてきて欲しい、別な言い方をすれば、なぜ早く解ってくれないの、的な考えを持っていたように思う。今は逆。みなさんの外食生活に、早くこの店を溶け込ますにはどうすればいいか、もしかしたら、求めているのはこういう料理ではないのか、と。

東北が今より温暖だった時代、海面も高かった。阿武隈山地は太平洋の波に洗われており、阿武隈川は今の丸森あたりで海に注いでいた。大雨になれば福島盆地は沼だった、そんな時代だという。

「だからこの辺りには〝津〟とか〝舟〟の付いた地名が多い。」

そうなのか。いつ頃のことなんだろう。多分縄文時代から、人々はイカダや丸木舟なんかを使って、交流し物資や産物を交換しあっていた。太平洋の荒海は無理だったろうから、湾になった内海と阿武隈川が交流の動脈だったのだろう。

〝サステナ〟という単語を頭に持つＳＤＧｓは，世界の誰もが意識を高めなければならないテーマになった。アメリカを除く先進国といわれる国々で人口が減少に向かっているが、依然としてアジア・アフリカの国々を中心に人の数は増え続けている。

人の数が増えた要因は、第一に食糧の増産だろう。石油の使用によって機械力で農業を拡大した。地中に眠っていたCO_2を石炭、石油、ガスなどとして大量に掘り出し、空気中に拡散させた。それが温暖化を招いた。

「いや、牛のゲップだ。」

などとの説もある。けど、その牛だって農産物を食べているのだし、そもそも人の数が増えたから牛も数が必要になった。

石油由来の燃料や原料の使用を控えていく、サステナが可能な材料に変えていく、今後10年、30年と人類の歩みは少しずつ変わっていく。

幼稚園から帰ってくると、お母さんが台所で白いカップを洗っていた。緑のデザインが入っていてちょっと高級感がある。

「母親の集まりがあって、カフェに行ってきたの、1回で捨てるのもったいないでしょ。」

店ではたった1回きりしか使わないプラスチックカップもフタもストローも、使い終われば全部捨てるのだという。あの頃は外国資本の入ったファストフードの店では、プラスチックの容器を使い捨てにするのが当たり前だった。それを苦々しく思う人も多かったはず。思い出した。母の実家のおばあちゃんも、ビニール袋を裏返して洗って干していた。親から子に子から孫に…。

フードコートの紙のカップもプラスチックでないとはいえ、消耗が激しい。いや、ひどい。

冷たい水、お湯、あったかいお茶、冷たいお茶…とセルフで飲み放題ではあるが、それぞれに新しいカップで汲んで、家族3人なら5個、10個みたいな。サーバーのとなりに手洗い器がある。そこですすげばカップは1人1個で済む。

トレイには、空いたお皿やスープカップと共に複数の紙カップが重なって載ってくる。ゴミ箱の中は3分の1くらいがこのカップだ。

便利さの裏側にはほとんどの場合、資源のムダ使いがある。

「自分のお金で払っているんだから、いいでしょ。」

なんて用もないのに（一部の意見）スマホを開く。歩いている時も信号待ちをしている時も、何と横断歩道を渡りながら…その陰で全世界のサーバーで消費される電力ときたら（あ〜、やっぱりおばあちゃんの孫だ）。

フィフティ・フィフティ

自由・平等・公正…この世の理想を目ざす言葉はいくつもある。それを叶えるのはねじ曲げられた社会で苦痛を味わった人を中心に、子供たちにより良い社会を遺そうとする不断の努力だけ。何の保障もなければ、常に横取りを狙うやからが次々と誕生するからだ。と、書くのは簡単だが、今はどうも悪い方に坂をころげ始めて止まらないように思える。

自分のつたないコンサルティング業務の中で繰り広げられたマネーゲームのような資本の移動やM&Aなど、どうしても自分の生活実感との乖離《かいり》になじめなかった。結果いわゆる負け組を選択してしまったのかも知れない。今の毎日に心が萎えていく。もっと次元の違う話にだってなったんじゃない。自分の中でそんな声も聞こえる。

「でもォ。」

デモとダッテはダメ。はっきりと自分の選択を応援しなさい！ もうひとつの声が聞こえる。

戦後の社会主義国家、共産主義国家が次々と不振にあえいだのはなぜか？ 戦勝国でさえ莫大な数の餓死者を出した。中国などではその時、国民の人口減という現象にまで及んだ。つまり、その年の死者数（主に餓死者）がその年の出生数より多かったという。原因はズバリ生産の減少。普通（いや非常というべき）の場合、フランス革命や、天明の大飢饉の後の打ちこわしに発展したように、世界的な規模の天変地異（この時は火山の大爆発）が食料危機の主な原因なのだが、戦後のこの時は生産に関わる社会構造に問題があったと言われている。

革命や改革が成立した時にはリーダーたちの情熱や理念が多くの国民の共感と共にどんどん実績をあげていく。（国力も高まって時には余ったエネルギーが周辺国への侵略を引き起こす場合も多い。）

社会主義、共産主義の第一の理念は〝平等〟。平等に働き、平等に分配する。しかし1人ひとりの能力・体力には差があり、働くに働けない人も中にはいる。平等と福祉を実現するにはどうしても他人の分まで働くことも必要になる。そしてもっと困ったことに、平等やイーブン・イーブンの感じ方は人によって違ってくることだ。つまり、50対50でなければならないものが、ある人は50働いて51を要求する。49対50もある。どうしても片方に負担がかかる。51働いて49の対価という人がいないと、その共同体は成立しなくなる。

調整役であるべき政府や地方行政の要職にある人間が、高まる国力の余裕の中から最初は備蓄用に、次はちょっとだけ家に持ち帰り、次第に横流しを始め…かどうかは分からないけど、自分の裁量をどんどん拡大していく。理念が平等なので、60や70働ける人も50に近づいていく。そこに大きな気候変動。本来非常時に備えていたはずの備蓄はどこへやら。干ばつや大雨で作物が実らなかった地域では餓死者が続出…という構図だったらしい。

結論。自分は50の収入に対して50を大幅に上回るような働き手になりたい。ある社長さんが言っていた。

「奈央ちゃん独立するんだって? 頑張ってね。まあ、3倍働いて2倍の給料ってとこかナ。」

と若い頃を振り返って、独立したての頃からの苦労話や注意しなければいけないことをたくさん教えてくれた。

平等という理念を勘違いしているんじゃないか、という場面は身近にあった。学校だ。知識や集団生活つまり大人になって社会に出るための教育の場が学校であり、能力や個性の違いを踏まえて、できればカスタムメイドで1人ひとりの子供たちの力を引き出してほしい。学校で経験したのは、それとはま逆。能力や個性の出っ張りを無理やり押し込め、みんなが50になることを目標にしてやっているんじゃないかと思ってしまう。いい例が運動会だ。走りやジャンプやダンスなどで、自分の得意を見つけ、披露できるせっかくの場を、「ハイ平等に」とチョン切ってしまう。

父兄会から帰ってきた父が、「あれじゃ先生になる人がいなくなってしまうな。」とつぶやいたことがある。確か小学校の卒業の時だったと思う。「なんで？」と聞いたら「お母さんの1人が昨年のレポートは12ページだったようですが、何で今年は8ページなんですか？」と質問したそうだ。

キーウ

ハンガリー側から入った。

国境の駅からウクライナ側最初の町ウジホロドまで、所要時間1時間30分。距離は20キロほど。ずいぶんノロノロ走るんだねえ、やっぱりロシア圏へ入るのだから厳重に管理されるんだね、などと会話しながらの車内。しかし30分で列車は駅に着いた。ナゾナゾは時差だった。

バスでウクライナ第二の都市リビウへ。ベルリンから旅を始めて7日目。雪が激しく街に降りかかる。ベルリンやドレスデンでは半袖でビールを飲んでいた。ここでは厚手のオーバーコートがないと出歩けない。

夕方に雪は止み、街に出た。小じんまりとした街並みは、とても清潔な感じで、ショーウインドーの灯りがキラキラと続いている。ガラス越しに夕食やティーを楽しんでいる人々の姿が見える。ヨーロッパ的な明るい街だ。

ホテルは大学生のアルバイト女性が切りもりする、いわばユースホステル。一緒に泊まっているので夜中でも対応してくれる。明日はキーウ。路面電車の番号をしっかり聞いていよいよ首都へ。結果は1日おくれでキーウに入ることに。キーウ行きの電車の発車時刻を聞いておくべきだった。何と朝8時と夜8時の2便のみ。駅に着いたのが午前10時だったので長い時間を潰さなければならない。今さら街には戻れない。旧東ヨーロッパの鉄道事情はほとんどどこも同じ。国鉄の体質そのままで、利用者の利便性など全く無視。車両も駅などの施設も前代のもの。ルーマニアなどでは駅で切符が買えないこともあった。(別の組織が売っている?)

自分史上最長のカフェタイムのあと、電車はまだ薄暗いキーウ中央駅へ。

駅前には、何もない。左手の駅前広場に2階建ての独立店舗があり何と「マクドナルド」。朝6時だというのに店内は満席状態。女性が多い。しかもファッションはいわゆる上流。まるでパリのカフェのように、ここは上流階級の社交の場なの？メニューは安くない。日本の感覚でいうと、朝マックが２０００円ぐらいか。これでは庶民は来られない。カタールのドーハ空港で、マックコーヒーがやはり８００円ぐらいだったのを思い出す。人々が動き出す時間帯を待って地下鉄で街に出る。この地下鉄の深さが段ちがい。100㍍は潜ると思えるほど、延々と下へ行くエスカレーター。聞けば、いざという時は地下シェルターになるのだという。西側が核攻撃などに出た場合に備えて。やっぱりノホホンの日本とは全く違う。

ドニエプル川が大きく蛇行する丘の街。マトリョーシカのような曲線の建物がウクライナ正教会。昼に街中を歩いていても、あまり人に会わない。夕方、キーウ一番の繁華街といわれるフレシチャーチク通りを目ざす。100㍍の地下からエスカレーターを乗り継ぎ地上へ。ああやっぱりここはウクライナの首都だった。ショーウインドーの灯りの中で人々の混雑が続く。

目抜き通りの両側の歩道を埋めた人々の群れはしかし同じ方向に流れている。一緒に流れに任せて歩いていくとそれは大きな団円となって広場を回り始める。

デモだ！

静かだが、巨大なエネルギーを秘めてそのデモは続く。混乱や破壊などの見られないそのデモは夜通し続いた。

空港へと向かうタクシーは、本業は大学教授だというアルバイトのドライバーだった。

夕べのデモの話題になり、

「何だったんですか？」

「このごろ、毎日続いているよ。

ＥＵ寄りの政権を求めているのさ。」

「今はロシア寄り？」

「ああ、ロシア、ベラルーシそしてウクライナの赤いベルト。たとえ政権がＥＵ寄りに代わったにしても、実際は何も良くなりゃしないさ。上の方はみんなコネとカネさ。コネのないオレなんかこのザマ。ところで、この空港、日本の援助で整備されたって知ってるかい？」

などなど、ウクライナ最後の１時間のタクシー授業が、一番の収穫だった。その後〝オレンジ革命〟の再来だったと知る。

２００４年、大統領選挙の不正に抗議したキーウの市民が通りと広場を埋めつくしたオレンジ革命によって、ウクライナは欧米寄りの政権が初めて誕生した。

ロシアの干渉により、その後何度かの揺り戻しはあったものの、ウクライナの選択に変わりがないことを知ったロシアは、２０１４年、クリミア半島に軍事侵攻し、ウクライナを嚇《おど》し続けている。

ディナー

ひと月ほどしてディナーに11人の予約が入った。オープンから1年以上という中で3度目のディナー予約。これを週1回の頻度までもっていくには一体何年かかるのだろう。

うれしさとあきらめに似た気持ちが混じる中、コース料理を組み立てる。

オードブル　／　地元漁港で水揚げされた近海魚（ヒラメやホウボウ）のカルパッチョ青リンゴソース
スープ　／　ジャガイモとカボチャビシソワーズ風
メイン　／　特産のホッキとホタテのパエリア鶏肉入り
メイン　／　国産牛ランプステーキに近くのパン屋さんのバゲットを添えて
デザート　／　3種類のチーズのピザとリンゴとイチゴをのせたピザ
コーヒー

山沿いの丘陵地にはリンゴ畑が広がっている。その畑を縫うように「東《あづま》街道」と呼ばれる旧道がある。その昔、海が山際まで迫っていた頃の海岸線の道。道沿いに縄文時代や石器時代の集落跡（遺跡）や貝殻の地層がある。この道は今や「アップルロード」と呼ばれて、北は亘理町から南は相馬市の方までつながっている。果物の産地といえば、ほぼブドウの産地と重なり、山梨県や山形県などの盆地を思い浮かべるが、何とこの太平洋に向き合う海沿いの丘陵地帯には、リンゴ、モモ、ナシ、そしてブドウが古くから栽培されていた。

そういう再発見のような意味合いで、新潟県の弥彦山の近くの日本海沿いで、深くキレのいい味わいのワインを造るカーブドッチに倣って、醸造という将来が見えてくる。東海岸のワインなんて、イギリス風になるのだろうか。

それで連想すれば、磯崎浜から南相馬に続く岩石海岸の白い崖は、ドーバー海峡にもみえてくる…。

さて、食事会の方は、1人キャンセルが出て10人様での宴会となった。料理はできるだけ大皿で提供し、料理の出順がお客さまの会話のじゃまにならないように。結果として料理はほとんど平らげていただいたが、カルパッチョは半分残った。地元食材へのこだわりは、地元の方々にとってはあまりありがたくはなかったのだろうか。遠方からのお客さまを交えてであれば違ったのかも知れないが、やはり100％お客さまの立場になって考えることのむずかしさ。

営業していく中で、うまくいったもの、いかなかったもの、1つひとつの展開が学びにつながっている。

自分で作った仕事、その中での失敗、反省と対策。同じことで2度3度と失敗を繰り返せば、お客さまは来なくなる。先送りは許されない。

以前ラジオ番組に出演したとき、かけ出しのコンサルという立場でいろいろと

質問を受けた。

「事業を起こすときに、成功する一番のヒケツは何だと考えますか？」

その時、事業を成功といえるまで引っぱるというのは、とてもひと言では表わせなかった。とっさに答えたのは、

「ひとつだけ、確実に失敗する方法をお教えします。」

意外だったのだろう、アナウンサーの女性の目に困惑が広がった。

「それはグループを作って経営することです。」

責任はあくまで1つ。少しでも逃れる方法があれば人は逃げる。逃げないのが経営だ。自転車だろうと蒸気機関車だろうと何でもいい。経営は1人。逃げればお終い。逃げ場を作ってから事に当たろうとする政治や行政とは、そこが違う。（などと言えるほど、自信はない。）つまるところ、形や看板にこだわるヒマはない。弱くても、しなやかに（ちょっと美しい？）ねばり強くそこに居残る。芯だけが意味を持つ。外からはなかなか分かりにくいことだけれど。

バーベキュー

6月のある日、森に囲まれたSUBAKOの庭でバーベキューの会を開いた。ご招待したのは、地主である菊一郎さんご一家、ご近所3軒の皆さん。

「皆さんに見守られながら、おかげさまで1年と3ヵ月が過ぎました。きょうはディナーの新しいメニューである〝牛ランプステーキ〟の試食をお願いします。」

そうして炭火焼のステーキと、近年水揚げが増えているという地元の〝丸カニ〟を使ったブイヤベースをお出しした。

「この辺も近頃獲れる魚が変わってきたからね。」

「そうそう、2、3年前なんか、ワタリガニが余るほど獲れて。」

「しかしここ1、2年はパッタリで、魚の卸問屋も仕入れる魚がないってさ。」

台風の被害なんかも、かつてないほどひどくなっているという。

小さな川しかない地域なのに、氾濫被害が年々大きくなっている。温暖化は身近なんだ。

「きのこも採れなくなったナー。」

「山が荒れてるからさ。」

個人の所有する山だけでなく、大きな共有林も手入れができていない、手入れの行き届かない森には、きのこもあまり生えないのだと。

「柿の実をもぐ家も少なくなったァ。」

もぐ、とは収穫する、という意味。

「夜なべの柿むきしたっけな。」

そういえば、北阿武隈一帯は柿の名産地。畑や屋敷の周りにはたくさんの柿の木が植えられており、冬の干し柿は福島県北部から宮城県南部にかけて冬の風物詩だ。

同じく干し大根、蒟蒻《こんにゃく》玉、凍《し》み豆腐、凍み餅などと、お酒もあって話は延々と盛り上がる。

「暮らしはまでいだったのよ。」

までい、とは質素倹約というより、ていねいな、というニュアンス。

このあたりも、フードコートの将来にヒントを与えるものだろうか。ダメだね、少し仕事を忘れよう。少し飲もう。

料理も全部そろったので、ワインをいただこう。2チセン《チセン》ほどに厚く切って焼いたステーキは、お皿の上で少し冷ましてから切った方が、肉汁が染み込んでおいしい。しかも炭火で脂が燃えて煙がかかり、何ともいえない香りをたたえている。ディナーメニューは要予約だから、今回のように炭火を使える。

「奈央ちゃん毎週仙台から通って来てるんだって？」

「週2回だよ。だからここに寝泊まりしてんのよ。」

気にかけて、皆さんがお互いの安全や便宜を図ってくれている。おじいちゃんがいた時と何も変わらない地区の雰囲気。都会にはないといっていい。

テーブルを囲む頭の上から何やら鳴き声が聞こえてきた。

「ジーットロトロトロリョー」（字にするのはむずかしい）

セミの声だ。これも温暖化？　まだ6月だよ。目をパチクリして必死に耳を傾けていると、

「春ゼミだよ。」

「もっと奥山なんだけど、会いにきたんだな。」

記憶の先っぽから、出てきた。5月の末頃から、沢添いにミズや沢ガニをとっているると、大木の枝で鳴いていたっけ。初夏のニイニイゼミやアブラゼミと違って、直接音が聞こえてくるというよりは、森全体にこだまが広がっていくような、澄んだ音色だった。これと、夏の終わりを告げるツクツクボウシが大好きだった。

ヨーロッパピクニック

白鳥は不気嫌だった。

食堂のボーイがお客の残りのパンを、余るほどエサやりに来たのに、一羽の方はシー！　としきりに威嚇《いかく》する。波ひとつ立たない秋の穏やかな湖は岸の片方が緑の藻のじゅうたんでおおわれ、決して水質が良いとはいえないようでも、概してのんびりとした良好な環境を維持している。何か不満があるのだろうか。この夏いやな思いでもさせられたか。

ベオグラードからのバスが、途中駅で乗客の乗り降りをした際、急いで乗り込もうとした若者がバスのクルーに乗車拒否された。若者が難民として疑われたのか、チケットが正規かどうか疑われたのか、しばらく押し問答の末に、やっと乗車を許された。

全く乗車を拒否された場面にも出合った。

セルビアに入国する国境の検問所で、(検問所は大抵2ヵ所ある。出国する側の国のものと、入国をする側のものである。)出国側の検問所に差しかかった際、バスのクルーが乗客全員のパスポートを預かる。

乗客の一人の中東系と思われる青年のパスポ

ートを見たクルーが、青年に向かって降車するよう言い渡し、そのまま検問所の前に降ろしてしまった。出発した町から遠く離れたこの山間地で降ろされたら、あとはどうすればいいのか。しかし、バスは彼を置き去りにしたまま、次の検問所に向かったのだった。出国させてしまえば、自分の国にとってもう問題はなくなってしまうだろうとも思うのだが、相手の国との関係で何か少しでも借りを作ってはならない事情があるのだろうか。

いよいよ〝フェンス〟との面会だ。セルビア側の最北の町スボティツァ。

かつて「ヨーロッパピクニック」で東西ヨーロッパの鉄の壁、あるいは氷の壁を溶かしたハンガリーが、今は南北世界の境界となって、鉄の壁を築いてしまった。

ベオグラードから北に２００キロ。ハンガリー人が多数の自治区となっているこの町は、少し中部ヨーロッパ的な雰囲気の観光地となっている。

前日はパリッチ湖のほとりのロッジに泊まり、街からタクシーを呼んでもらい、いよいよ難民側としてフェンスとの対面となった。タクシーの運転手からは「写真を撮ってはダメ」と念をおされている。100㍍ほど手前で車を降り、歩いて近づく。心配してか、タクシーの運転手もついてくる。

犯罪が目的で国境を越えようとするならば、この装置もアリかも知れない。でもコレを越えようとするのは誰よ?

低くしか飛べない鳥ならば越えられないかもしれない。それほどの高さで、グルグル巻きの有刺鉄線のコブが上と中と2段。そして念の入ったことに約10㍍の間隔で同じ仕様の2重のフェンスのカベ。

これは見ただけでとても乗り越えようとは思えない。みごとな仕掛け。これが大戦時の捕虜収容所なら、実利ある効果を発揮するかもしれない。でも待って。今は戦時でもなければ、戦う相手国への対抗でもない。単にこれは生きにくい故郷から、生きやすい土地を求めて移動する人々を止めたいというカベなのだ。もちろんハンガリー政府も国民もこうなる前に別の解決策を検討し、対策も行なってきただろう。行動に出る前に一度時間をおいてみることだってあっただろう。ハンガリー部族だってその昔、アジアの方からこの地に移動してきた。人間の移動を他の人間が阻止することなど、歴史上はどう評価されればいいのか。ハンガリー国民と取ってかわるというのではないのだから。

カベを作ると国家が判断することは、いわば最後通牒《つうちょう》だろう。その他の解決を放棄した、という意味なのだ。この推移を見ながら、もし、多くの国民が右ならえとなったら、どうなるのだろう。あのベルリンのカベの崩壊は、その喜びは、一体何だったのだろう。

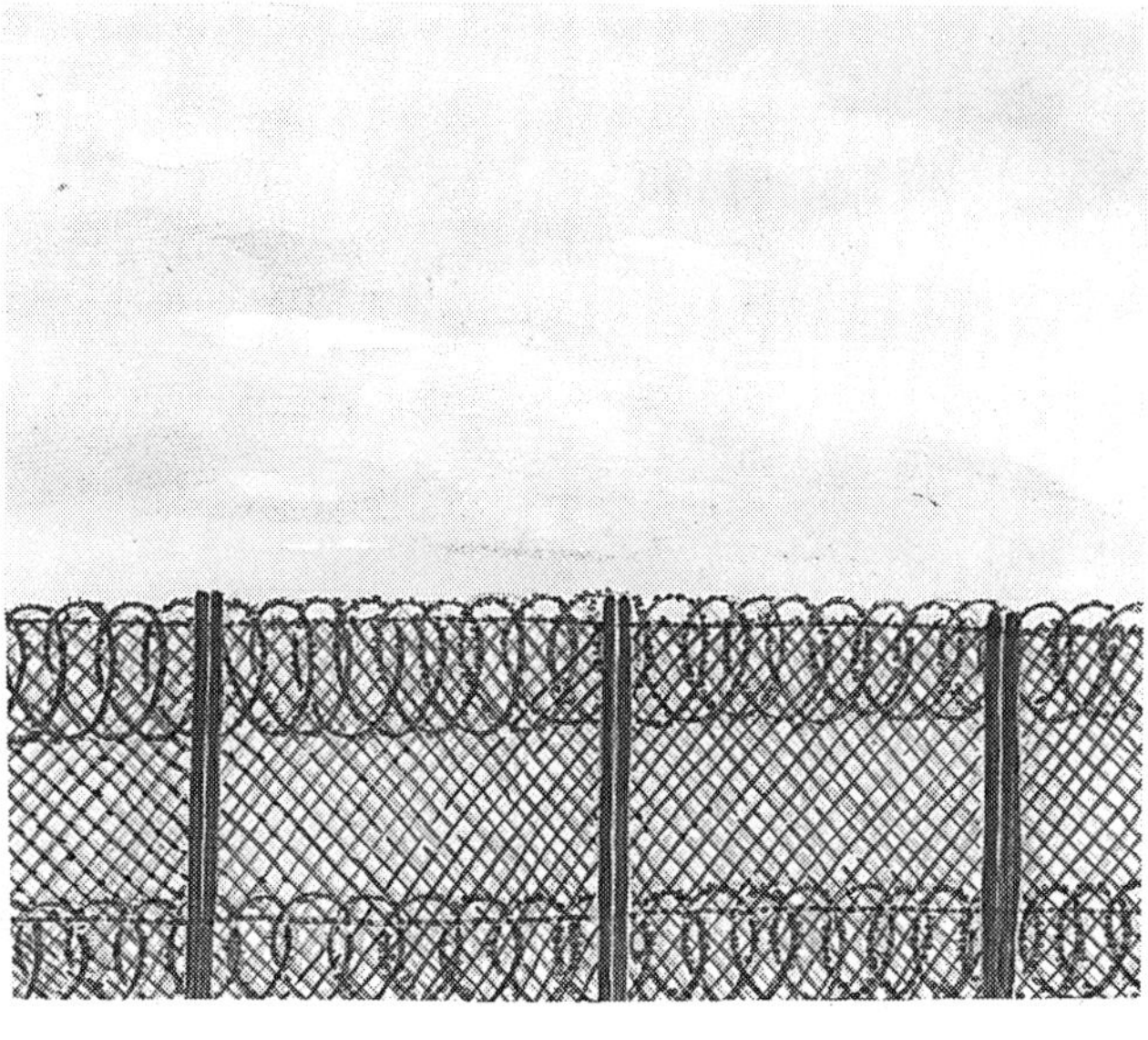

マルセイユ

ヨーロッパアルプスから地中海に伸びる高山の猫の舌。

その側面に沿って列車は岩だらけな土地を縫うようにマルセイユの街に入る。

車窓から畑ともつかぬ原野ともつかぬ斜面にハーブの草むらがいくつも見える。地中海料理の本場である。期待がどんどんふくらんでいく。

駅からのおびただしい数の階段を降りていく。視界にはゆるやかな湾を描く港と、そこに続くだんだら坂の街並み。海に続くこの下町は中東や北アフリカ系の人が多く住む。地中海の交流の歴史が生み出したものでもあるけど、もうひとつはフランスが植民地支配した地域から、強制的に連れてこられた人々の子孫でもある。アフリカ大陸からフランスの港へ、そしてアメリカ大陸へ。だからアメリカの町にはフランスの港の名前が残っているところがある。自分たちに敵対したり、不利益を強いたりした訳ではない、いわば何の関係も何の理由もなく、ある日突然銃を向けられて強制的に狩り出されたアフリカ大陸の人々への仕打ちを、ヨーロッパ人は、「奴隷制」と名付けた。制度であると。

パリなどで出会うアフリカ系の人は、相手が日本人だとわかると、とても親し気に話しかけてくる。(別の目的がある時もあるだろうけど)アジア系の人々に親近感を持つことがあると思う。だからここマルセイユの下町では、住んでいるお宅の前などでよく立話もしたものだ。今回もそんな気分で路地を歩き出したのだけれど、何かが違う。目が違う。少しうつろなのだ。ホテルに入ってから想い返してみると、うつろさの中に少しトガった光もある気がする。ホテルでは、お湯が出なかったので部屋を替えてもらい、街に出た。

ヨットハーバーにさまざまな形のヨットが並んでいる。さすがにヨーロッパ屈指のリゾート地。少し気おくれしながら観光レストランの入り口をくぐる。閑散としてお客がいない。店の選択をまちがえたかな、と思いつつあまり値の張らない料理を注文。期待したような味ではなかった。

フランスは不況なのだ。観光客も少なく、地元の活性が失われているのだろう。みやげ物や飲食店の仕事も減り、同じフランス人であってもアフリカ系や中東系などの人々の仕事が先に失われていくのだろう。

直後に暴動が起きた。新聞で暴動はマルセイユからパリの東駅付近にまで広がったと報じられた。

人に対する偏見や差別などは、その民族が持つ歴史的な背景が元になっていることもあるだろう。そして革命や政権交代でイデオロギー的な対立から生まれることもあるだろう。しかし、マルセイユで感じた、あの土地にしっかりと根付き何世代にもわたって生活を営んで、今や国民として自他共に疑わない人々をして暴動に駆り立てるのは、やはり経済ではないのか。

経済的な弱者に立たされた時、それまでのさまざまな因縁もからみながら、人はそのような行動に出るのではないか。

そして、それは起きた。パリのど真ん中、シャンゼリゼ通り。主役は白人であるフランス人。「黄色いベスト運動」と名付けられたフランス人による政府への抗議デモは、その後エスカレートしてシャンゼリゼ通り両側の店舗や車輌の焼き打ち、掠奪にまでエスカレートした。日本で言えば銀座であろうか。

どんな時代であっても自分たちの国に対する異和感は自分たちの行動で示す。権力側政府側がどんなものであっても、抗議する。それがフランス人なのか。

一方難民といわれている人々は権力側や政府に対して起こせる行動はごく限られている。全く行動を起こせない場合もほとんどなのだ。

失敗と耐性

南相馬市と西の川俣町を結ぶ国道１１４号線。川俣町から広瀬川に沿って北に下っていく国道３４９号線。霊山を通って梁川で阿武隈川に突き当り、同じ国道３４９号線が大河と一緒に東へ流れ下り、丸森で〝海に注ぐ〟。ここから岬と化した阿武隈山脈が、北に向かって勢いよく〝大海に突き出す〟。まるで知床半島か津軽半島のように…。

50キロほどの円に納まるこの山地は、狩猟採集生活から始まる人々の生活圏として１

〜2日で交流ができる。とすれば、間違いなく一体を成す生活文化圏でもあったと思う。

ケンさんが往きついたKAZIKAの地は、平地がことごとく海や湿地帯であった当時からの生活の歴史を内包している。

仙台から週2回通う車から見る阿武隈の山並みは、岩沼で阿武隈橋を渡ると右手に一直線に始まる。狭い岬であったこの山々は、やはり〝山並み〟だ。

しかしKAZIKAの半島本体に入れば、それは50キロにも及ぶ重層した山々のひだひだ。一直線の〝並び〟ではなく重層した〝波〟なのだ。これは山並みとは言わず、〝山波〟と呼ぶべきものではないだろうか。

この地に骨を埋めるほどの覚悟で、このレストラン事業を始めた。数年にわたるコンサル生活で、起業や事業継続の困難さを身に沁みるほど経験してきた。事業の大小ではない。

失敗が、ノウハウや精神的なキャリアとしてカウントされる国々と違って、日本ではひたすら減点の対象となってしまう。学校でも家庭でも、社会に出てからでも〝失敗〃はゆるされない。〃そんな社会に耐性がある訳がない〃、と仕事の中で確信してきた。日本発のスタートアップが少ないのはこの社会のハンディが元だ。

事業というものは1つひとつが100でなければならない。50パーセント成功とか、80パーセント成功とかはない。成功は100、失敗ならゼロだ。ただし、事業が続いている間はゼロではない。だから続けていく。最低3年。続けていく間にあらゆる項目をチェックし、改善していく。もちろんスタート前のマーケティングは充分でなければならない。マーケティングに自信を持ち、スタートする訳だけど、あらゆる問題が噴き出す。それを一つずつ解消していくのに時間は大切なのだ。その時間を作り出すのは、資金とオーナーの精神力。これが覚悟の柱。

最初の1年の間に柱は何度も揺らいだ。資金の流出が続いた半年の間。味覚やメニューの好みの地域差。スタッフの交代…。

でも目標は失っていない。それどころか体力と気力の勝負になってきた気がする。頭ではなく、お腹の勝負へと。

SUBAKOを出る時にはいつも、「おじいちゃん、行ってきます。」と心に祈る。森の木々も、枝の葉を風にそよがせ元気をくれる。でもびっくりした。小鳥が、ホントに朝の挨拶をくれたのだ。まだ明るいうちに帰れるようになった5月のある日。どこからともなく小鳥の鳴き声が近づいてくる。ピーヒョロロロ、クイックイッ。チーチーチー、グォ。何かしゃべっている。よし、お返事を「キィキィピュルル、クォクォ」。何言われているのか、でも何度か返事した。2、3日毎に何回かそんなことがあった朝だった。「ピーピー、行ってらっしゃい。」そう聴こえた。思わずおじいちゃんではなく小鳥に「行ってきます。」と返事していた。

将来一人前のコンサルタントとして社会の一員となる目標を立てた自分にとって、その役立ち方というのは〝耐性〟をもつこと。頭で考え、情報を集めて、モニタリングを実行して…、だけで成功するとは思えない。何度も何度も失敗を重ねて、が本来必須なのだ。だけど日本社会は失敗を受け容れない。コンサルに求められるものの1つに譲れない経験を土台にした〝耐性〟があるはず。

星空散歩

星が好きだ。そして不思議な灯り。

南東の空をぐるりと回るその灯り。灯台の回転する灯りだとあとで教わった。灯台って、船に合図を送っているんだよね。何で山に灯りが回って来るんだろう。

松川浦の鵜の尾崎灯台からの灯りは、海だけを巡るのではなかった。阿武隈の山ひだをぐるりと巡って海にもどる。それが星空と一緒に夜空の情景として強く印象に残っている。

その頃の夜空は暗かった。天の川が、オーロラの光のように夜の主役だった。地球は自己主張を強くしたために、だんだんと星の世界を失っていく。

この辺りも高速道路が開通し、火力発電所ができたために街灯が増えた。西風を阿武隈山脈が受けとめ、東からの海風を山腹に抱き込むため、空気はいつも同時に多くの水分を含んでいる。街灯の光がこの水分の中でボンヤリと雲のようになるために漆黒の夜空はもはや戻らない。

子どもの目には、アンドロメダ星雲も見えたし、すばるの星の数も7つ以上数えた。オリオン星雲は心なしか色も感じた。

あの頃を思い出しながら時々夜空に双眼鏡を向ける。残念なのは灯台の灯りが巡って来ないこと。

携帯が鳴って、星空散歩は中止。

「いま、どこに居る?」

きょうは水曜日なのでSUBAKO、と答えると、

「散歩行かない? お寿司食べに。」

さっき軽くお弁当を食べた。フードコートの隣が直売所で、午後4時頃からお弁当の残りが半額になる。地元食材を使っていることが多いので、時々買って帰る。

「少ししか食べられないけど、いい?」

ケンさんが車で迎えに来てくれて、山を越えた大内地区に入る。地域の食文化に触れようと、丸森や伊達にはもう何度も通っている。街道沿いに1キロほどの街並み。10軒ほどの飲食店が両側に点在するが、そのうち3軒が寿司店。ただ1軒は今は握って

いないとのこと、でもこの狭い地区に寿司店3店って、みなさん何かに取り憑かれていない？

注文が終わって、1人だけお酒。夕方のお寿司屋さんに来て、食べるだけ、というわけにもいかない、けどケンさんはドライバー。申し訳ないと思いつつ、地酒を3杯もいただいてしまう。

話題の中心は確か（?）ケンさんの決意表明だった。

クルミかご

その後しばらくして、興奮ぎみの声でケンさんが電話をくれた。南相馬の鹿島ですばらしいものが発見されたという。

「一緒に行こう、早く見たいんだ。」

ケンさんが大学を目指す前に、見よう見まねで作ったという陶器の作品を見せてくれた。お父さんは窯元仲間でも一目置かれた作家だったそうだから、お手本は確かだったのだろう。

人肌のように黄色味を帯びた表面が、なぜかキラキラと細かに光っている。取皿より少し大きなお皿は、完成されているように見えた。

「すごいよ、ケンさん。才能あったんだね。」

見せてくれたからには、感想が出るのは当然だったろうけれど、それには答えず、ただニッコリと作品を支えるこちらの両手を眺めていた。

「また始めたんだ。」

なぜ作陶を続けなかったのかは分からない。けれど何十年ぶりかで、生きる道に据えたということ。脈々と受け継いできた何かの作用なんだろうか。

「縄文のね（あ、だからここに誘ってくれたのか）、暮らしぶりが見えてきたんだ。」

縄文時代に人々は土器作りを進歩させて、生活の器としてさまざまに活用を始めた。お皿や碗や水差し、鍋などの日用品だけでなく、太陽や月や森や水や、自然の恩恵を表現する手法としても。

「デザインや個性だけじゃない、生活に不可欠の連綿とした存在が、自分の手の中にあることを感じたんだ。」

「手」を見てたんだ。

ケンさんに生じたその〝実感〟には迫りようもないけど、自分なりにある方向にもっと深く分け入れば、地元とのつながりの発見にも行きつくのだろうか。

人間の心や他の人とのつながりが、どんどん壊れていくという思いが強くなっていく中で、1本の藁《わら》であろうとも掴みたい。

そのクルミかごは、博物館内の3000年前のコーナーに展示されていた。

縄文時代の採集経済が頂点に達し、ドングリ、トチ、クルミ、クリなどを使ってさまざまな食材を作り、料理を楽しんでいた姿が目に浮かぶ。何より驚きなのは、土器に混じって穴の中からクルミなどがたっぷりと入った竹カゴが出土したこと。土器や石器は残っても、普通竹などの有機物は残らない。かごごとクルミを水に浸ける水穴が、

3000年のタイムカプセルとなった。合計10点以上の「かご」や「ざる」が出土し、その編み方も「ござ目」や「網代」「三方」「変則飛びござ目」など、現代の工芸の技法と何ら変わらぬもので、背負ったり、吊るしたりの結び目まで付いているという。同じ工芸の目を持つケンさんの驚きはいかばかりだったろう。

「見ていてふっ切れたんだ。3000年も前の人たちの1日1日の生活が実感として初めて分かった。先人を超えるなんてね、知らなかっただけでさ、自分を。」

自分の優越を誰もが信じている。だから毎日がんばっている。でも時々、その優越感がアヤしくなる。崩れてしまうことだって。立て直しはもちろん自分の力でしか適わないのだけれど、ややもすれば、というか、ほとんどの場合他人のせいにする。

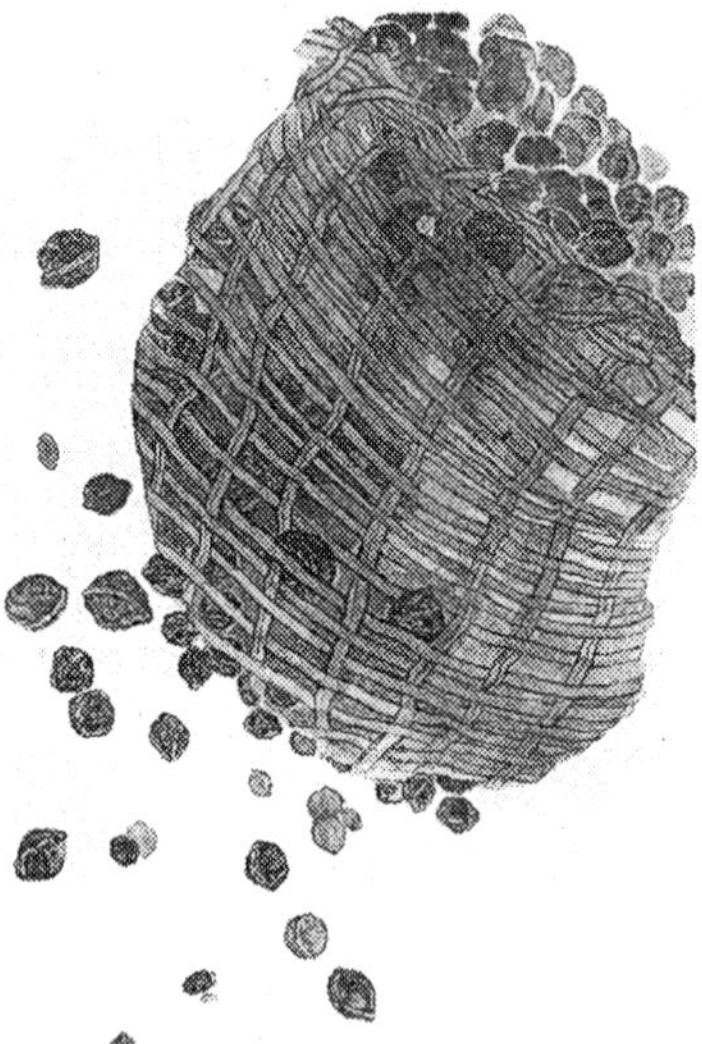

「見せてもらって、いい？」

ケンさんの工房は、博物館から車で20分ほどの山あいにあった。

家業でもあった訳だから、作陶という領域は常に自分の正面にあっただろう。しかし成長するにつれて、それが自分にとってどんな意味あいを持つのか。ついに思い至らなかったケンさんは、同じ表現の領域の中でも、別の道に進んだ。そこでもう1つの「時間」という軸に出合ったのかもしれない。洞窟の壁に描かれた絵、石に彫られた形、木彫…。中でも素焼きの土器は形も自由自在、誰でもどこでも挑戦できる芸術の領域だったに違いない。そして次第に…。

「わぁ、きれいな緑色。」

器の底の深い緑色が、フチに向かうにつれて空のような、雲のような色に変わっていく。

「ここで見つかった土で、釉《うわぐすり》を配合してみたんだ。土地の伝統の色も保てる。」

最初に見た若い頃の作品は、そうして思い返してみると、現代ファッションだったかも。この深い緑のはだは、まるで生き物の表面のように、いつかは動き出すのではないかとおもうほど命が宿っている。

つながり、かぁ。

自分の時間と空間と、そして今ある自分とつながる人々の暮らし。タテであったりヨコであったり。それがもしかして〝共生〟というものなんだろうか。実際の生活の日々の中で、植物や動物や鳥や昆虫や（そして人間同士）お互いに触れあって生きていくのが共生だけれども、数千年の時間軸まで想うというのは…。

孤独

お客さまとの会話がままならない。あるいは必要ないこの〝フードコート〟というスタイルは、誰が考えたのだろう。時代の流れの中で自然に行きついたスタイルなのだろうか。

全く会話することなく食べることができる（実際何を語りかけても一切口を開かない

お客さまもいる）という選択はやはりアリなのだろうか。そんな感じ方で一日一日を重ねていくうちに、フラストレーションが溜まっていく。やめようかな、なんて気持ちが湧いてこないでもない。そんな気持ちを一掃してくれるのが、やっぱり知り合いの来店。

アメリカの大学で長く教授を務め、日本の大学の大学院で講師をされていた山田先生が、ひょっこりと顔を出されたのだ。大学院で受講し教えていただいた。大統領の来日時に通訳を務められたと聞く。（多分、日本側のスタッフとしてではなく、あちら側のスタッフとしてではなかったかと思う）同行はリリーちゃん。知る人ぞ知るエターナルフッションのスペシャリスト。というか、古着などの「もったいない生地」を、モンペや羽織など日本の伝統的普段着風にリメイクして着こなしてしまうので、年配の女性に大モテなのだ。街で小ぶりの店を構えているので買う買わないにかかわらず、いつもお客さんで一杯。先生も常連の一人だったというワケ。

一緒に店を運営しているセイコちゃんと三人で並んでいると、フードコートの雰囲気も明るさが違って見える。

「賑やかでいいわね。メニューの組み合わせもナイスよ。」

ヤッパリフードコートはアメリカ発だったか。

雰囲気が軽くなって、その日一日はやってよかった、と。

人が生きていく中での幸福感や安心感があるとすれば、何から来るのだろう。

他人とのふれあい？ ならばそこに会話は欠かせない。

家族愛？ でも家族1人ひとりのＤＮＡを解析すれば、近くの他人との差なんてほとんどない。親は祖先のＤＮＡを何百万、何億と運ぶ。ならばその親子愛って後付け？

そう言えば、夫婦の愛って後付けだよね。

何でこんなことを考えるかというと、人々がどんどん孤独になっていくような気がするから。

ある時、学校や社会での二人の先輩から、ほとんど同時に孤独感のつぶやきを聴いた。それはお母さんを亡くしたことだった。

エミさんの場合は、お兄さんの就職の時に引っ越しをお母さんが手伝いに行った。お昼前の休憩の時だったかお母さんの体に衝撃が走ったとのこと、場所は東海村だった。その後まもなく、お母さんは亡くなった。

そしてタカ代さんは医師になって間もなくお母さんが癌を患った。自分が医師になったにもかかわらず、まだ、専門的に未熟で（本人の言葉）お母さんの快復を手助けできなかった。

そうしたできごとは、全ての人に事情は違えども必ずあること。と、言ってはいけないほどお二人の落ち込みは大きかった。お母さんに対する思いというのは、女性の子供にとってどんなに深い大きいものなのか。人の命だけではない。失ってはじめてその存在を知るということは、さまざまな局面で起こるだろう。

数年前、コンサルティング会社に勤めている時、友二先輩に頼まれて築１５０年近い木造旅館の再生に関わった。なかなかできない経験だった。その後気になって、古民家を見かけるたびに「あと百年、残ればいいな。」なんて応援したくなる。

実際、山形の銀山温泉や会津の東山温泉など、木造の歴史的建造物が今も現役で残っている観光地は、外国人に大モテだと聞く。旅館再生の参考にもと、京都の路地巡りもした。

それまでの京都では気づかなかったのだけど、ほとんどどの建物も、路地の石畳やタイルの舗装でさえも、補修が必要な最低限の部分しか手を付けない。前のものは極力そのまま残して保存する。改めて京都の底力に触れたような気がしたものだ。物であれ、人に対してであれ、心からその存在を尊重する、そうか、それが優しさなんだ。

人は孤独では生きられない。孤独を求めるなどというのは演戯でしかない。本物の孤独に耐える人というのは、他人への優しさがあるような気がする。あの建物のように…。

本物を自分の目で

7月の海の日から、夏休み、お盆と続く日々は、フードコートの稼ぎ時だ。ゴールデンウイークよりも売り上げの多い日も出る。多分、帰省を楽しみにしている人たちだと思う。おじいちゃんおばあちゃん、お父さんお母さん、子供たち。ひ孫を連れたグループもいる。これでやっと資金的にもゆとりができそうなので（ゆとり、と言えるような額ではないけど）少しヒマなうちに1週間ほど連休を取ることにした。ちょっとカブれているかもしれないけど、夏に1ヵ月のバカンスを取るのが念願なの。自分の心のまわりの明りを取り去って漆黒の夜空に置いてみたくなり、それでテントを持って星まつりに行ってきた。高校生以来、望遠鏡を覗くのは。ボーイフレンドが天文ひとすじで、自作の望遠鏡を覗かせてくれた。もちろん夜。天文台に本拠を置く天文同好会のメンバーは、台長の許可があれば夜通し天文台の施設が使えた。今はどうか分からないけど。高校生や大学生の理系色ぷんぷんの人たちだった。それぞれ自分の研究対象があるようで、流星とか変光星とか、惑星とか星雲とかのグループを作っていた。お母さんに話したら、「12時までタクシーでもどって来るならいいよ。」

アイピースを覗くと、そこには本物の木星があった。ちょっと楕円形の大きな星。表面に横の縞模様。黄色やオレンジがかった色まで感じられ、おそらく億単位のキロメートルのはなれた距離が一気に縮まった。（あとで言うけど）これも1枚の大切な心のカード。

会場ではＩＳＳ（国際宇宙ステーション）から送られてくる地球の映像が、リアルタイムで大画面に流れていた。本当にビックリ。カリフォルニアからメキシコにかけて、見ているうちに国境を越える。時速2万５０００キロ？ 夜の地上はあかあかと人工の光に包まれている。それがメキシコに入ったとたんに真っ暗になる。リアル？ いや、その感慨は湧いてこない。なぜ？

テレビの画面だからだ。自分で宇宙船に乗っていれば、自分の目で見ていれば、その感激は凄まじいものがあるだろう。しかし、ワンクッション、ツークッション、画像やデータは同じだろうけれど、直接自分の目で見ているわけじゃない。香港だってフランスだって、デモの様子はテレビの画面で流れていた。でも現地で、自分の目と肌で感じた人々の心と情熱は全く別のものだった。

別の技術も見た。Ｍ97（ふくろう星雲）と呼ばれる天体を、わずか8センチの小型望遠鏡で液晶画面に映し出している。1度シャッターを切った映像は薄ボンヤリとして、セロファン紙が貼りついたようにしか見えないが、2度3度とシャッターを切って重ねていくと、ふくろうの顔が、2つの目がはっきりと浮かび上がった。こんな小さな望遠鏡で？

その技術には驚かされたけど、浮かび上がった映像にはリアル感がなかった。やっぱり自分の目で、レンズを通してでも直接見ているのと、映像画面とでは違う。あるいは自分の性惰がそうなってしまったのか、感激する心がある種、風化してしまったのか。

ドローン

仙台駅の東口のレストランで食事をした。

フードコートの店は定休日を設けてもいいことになっているが、まだ売り上げが乏しいし、しかし休みも欲しい、ので月曜日と火曜日はランチタイムで終了することにした。こうすればパートスタッフだけで営業できる。午後2時頃から閉店まで、平日は1人2人のお客さまだけという状態も多いので、毎日有給のスタッフを投入することができない。自分が店に入るしかない。月曜と火曜の連続でランチタイムだけの営業としたので、今回は特別に月・火にプラスして追加の時短で連休を確保した。

「これで売り上げにあまり影響がなければ、こっちでの仕事の幅も広げられるしね。」

大変だね、と言いながらショウちゃんは愚痴と仕事ばっかりの話についてきてくれる。早く話題を変えなきゃ。

「川、行ってる?」

高校の同級生だったショウちゃんは、カヌーイストだ。山だった自分と同じ野外派。

このお店はコース料理と赤・白・スパークリングのグラスワインが各2杯ずつ付いて1人5000円。いちいち料理とワインの取り合わせなどを考えなくていいので、話に集中できる。

「来月秋田で大会があるの、鹿角《かづの》って米代川の上流かな。」

「知ってる。そのまま山に入れば十和田湖だもんね。」

そう、やりたいことの1つが、十和田湖や猪苗代湖の周りを徒歩でグルッと回ること。2~3日かけて、自分の足で見つけた景色を独り占めして過ごしたい。胸の中でとびっきりのカードが1枚、引き出しの中から出てきた。

仕事や日常に疲れを感じた時、ちょうどコーヒーブレイクのように、心が豊かになれる楽しいカードを引き出しの中から1枚、そっと引き出す。あるときは食べ物だったり、ある時は友達との思い出だったり、またある時は二千㍍を超える山のてっぺんからの眺め…。

ショウちゃんの場合は川面のカヌーからの眺めなんだろうナ。

「シゴト、変えようと思ってるの。」

確か、いまショウちゃんの仕事は、川に架かった橋が補修の時期にきているか調べることだったような…。

「どんどん山奥に橋が架かっていくでしょう。確かに地元の人は便利になったたって喜んでいるけど、なんかその場所の魅力がなくなっていくような気がする。」

ドローンで見ていくうちに、ふと「人がドローンで移動すればいい」と強烈に感じたという。その昔、奥地に移住した人たちは、そこに行く理由があって移動した。そこからは今のように町や経済の中心地に足しげく通うことはできなかったから、移住先で通常の生活全般を営んだ。

「山奥へは川筋にいくのね。」

だから川に橋を架け、原生林を切り裂き、上から目線で通っていては、その土地の持つ魅力を全く忘れていくことになる。

「どうしても町に通いたければ、ドローンで行けばいいのよ。」

莫大な建設費用と、限りない維持補修費をかけ続けるより、短時間で往復したい人は、自分だけの交通手段を持てばいい、あるいは町に再移住すればいいというのがシヨウちゃんの見立て。何年もカヌーで川と向き合っているうちに、きっと川の神様と仲良しになったんだろうナ。

隣で〝カシャ〟と音がして何気なく気を向けると、スマホでラベルを写している。

「ほうら、やっぱしボルドーだ!。マルゴーのクリュ・ブルジョアだよ。2018年は…。」

ラベルをスマホで撮って、市場の評価や流通価格を調べているらしい。そう言えばそんなソフトがあったような。

これも川の橋架けかァ。川の上流や、山の頂きや、森の奥、ワインの深淵に迫っていくせっかくの楽しみを、でかい橋やドローンで一気に渡り飛び越えていく。自分の成長を結果ばかりに託して、肝心の自分の中の蓄積を大切にしない。

ショウちゃんも気づいていたようで、シャンパングラスをそっと持ち上げ、片目で合図をくれたので、二人でグラスを近づけてカンパイの仕草をした。

SUBAKOに帰ってから、「みんな感じていること同じなんだな、」って思う。大都会に暮らし、キラキラしたオフィスの中で、たくさんの情報が集まる。その情報操作のようなビジネスが報酬を生む。一見、最先端。

なぜ、自分が望んだそんな環境から、また自ら望んで抜け出すことになったのか、はっきりとは自覚できなかった。ただぼんやりと森の姿だけはあった。

起業し、おじいちゃんのくれたSUBAKOの森の中で過ごす日々、そして、夕べのショウちゃんとの時間。胸の中で、だんだんと雲の正体が現れていくのを感じる。

有名な発見や発想をした人たちは、皆一様に「頭を空っぽにしろ、胸に大きな空洞を造れ」という。そこがぎゅうぎゅう詰めになっていたら、新しいものが生まれ、育つことができないからだと。

敵の戦車がどこまで来ているのかをスマホで知れるなら、命の問題だ。しかしバス停で待つ間、自分のバスがいくつ手前まで来ているかなど論外。株やカケに大金を注ぎ込んでいる人ならまだしも、勤務時間中に野球選手のホームランの数など1時間早く知って何になるの？

そのために家族との会話の時間も削る、本を読む時間もない（スマホで読むも増えるだろうけど）。もちろん新聞は取らない。そのうち必要あって家族や友達と話すときもメールだけ、電話では話さない。極端になれば、目の前の友人や家族ともメールでやり取り…アリウル。スマホやパソコンの中にしか、信ずるものがない感覚。あるいは存在そのものがない感覚。

スマホ教は信者の数をどんどん増やし、親の言うことも上司の言うことも、もちろん政府の言うことも信じない。

餓死

「元気？　奈央ちゃんきょう何時に終わる？」

やわらかな、歌うような声で電話をくれたのは、りっちゃん先生だ。高校の特別授業でドイツ文学を教えていただいた。定年後は、鳴子のさらに奥にある鬼首《おにこうべ》の大自然の中で畑作りをされている。

ハイと言って手渡された包みの中はでっかいキュウリやサトイモ、ズイキ（サトイモの葉の茎を干したもの）、オクラなどで一杯。どれも高原野菜特有の強い香りを放っている。こちらの町の特産である蒟蒻《こんにゃく》やシラス干しとあわせても、香りは負けないだろうな、なんて思いながら、お互いの近況を語り合う。

文壇で名をあげ、公職を全うしながらなお晩年は恋に、詩作に全身全霊を傾けたというゲーテの生き方を、先生は生徒たちに熱く語られた。きっと山の中であっても、訪問客は絶えないのだろう。

ここから峠ひとつ越えた山の中の街道沿いに、お寿司屋さんが何と3軒もある地区

の話になった。鮨好きの先生は居ても立ってもいられなくなり、

「山の中の鮨、行きたい。」

話ははずんだ。釣り好きの店の主人（あたりまえだよね。）と、イワナ目当ての訪問客も多い先生との釣り談義。山の中に居ながら、まるで目の前に海があり、目の前に渓流が流れ下っているような心地を目の前の、いただいている鮨の味わいとして感じる時間だった。

帰りの車の中で、また愚痴が出た。

「お客さんの食べ残しが気になって、心まで痛むんです。」

おいしくないせいもあるのだろうけど。フードコートでは日常のこと。

「ひとつは教育の問題ね、家庭の。これはおじいちゃんおばあちゃんが父母へ、その親から子供に伝播したものだから、家庭内で子供にだけ教育してもムダなの。3代揃えて一緒に教育しなくちゃならない。今の日本には、そんな教育の場なんかないのよ。子供にだけどんな理想の教育をしようと思っても、家に帰れば両親やジジババが反対

するのよ。」

じゃあ、どうすれば。

「乱暴な言い方だけど、餓えるのね。」

「おしん」に見られるような東北地方の娘までも売りに出すような窮地、第2次大戦後の社会主義・共産主義国を窮地に追い込んだのはやはり餓えだった。国内生産に努力するよりは、安い海外生産物を輸入する政策をとる国が、本気になるにはやはりショック療法しかないのか。

それで先生は農業に？というような質問をする気にはなれなかった。

これは日本だけの問題じゃない。留学先へイタリアのフィレンツェ経由で行った時のこと、ホテルの食堂で朝食を摂っていたら、中国人らしい若者（やはり留学生か）が1人で食事をして帰って行った。そのテーブルの上には3～4房のブドウ。ここのモーニングは、食材は取り放題。デザートにブドウを選んだのだろうが、お皿にいっぱいのブドウを取って、食べたのは1房の数粒だけ。食材や料理をテーブル一杯に並べて食べ散らかす、跡には大量の食べ残しとゴミの山、それが中国の人の食習慣だと、どなたかから聞いたことはあったけど、それはおかしい。思うにみんなが貧しかった時代、余裕のある人はそうやって従業員や下僕に食事を提供するのが徳だったのかも知れない。今それをやればやっぱり時代錯誤、しかも反時代だろう。他人が手をつけた食事や食材は、もう利用されない（たとえ全くハシをつけていなくとも）。そして何より、彼のような若者が、経済力を見せびらかすようにふるまえば、世の反発を招く。徳を身につけるのは、もっともっと努力が要る。

そう思いつつ先生の食べた焼魚の皿が浮かんだ。絵に画いたように、そこには頭と中骨と、尻っぽを半分かじった跡だけが残ってた。

ゲーテ

おじいちゃんが遺してくれた小屋（おそらくそれはおじいちゃんの書斎だったに違いない）は、北側の壁一面が本棚になっていた。二百冊を超える本の中に埋もれて、どんな時間を過ごしていたのだろう。受け継いだ時に、「没林の鳥」の話を思い出したのは必然だった。だからこの小屋を鳥が羽を休める小さな空間そのものに思えて「巣箱（SUBAKO）」と名づけた。以来、一番の宝もの。

りっちゃん先生と会って何日後だったろうか、おじいちゃんの本棚に片山敏彦の著作集が並んでいたことを思い出した。「たしかドイツ文学者だったよね。」と、話しかけながら本棚に並んでいる空色の本を1冊ずつひろい読みをしていたら、ありました〝ゲーテと鷗外〟の文字。ページを進んでいくと、鉛筆の傍線。「絶望することのない人間は生きていないに相違ない。」

まるで若きウェルテルそのものの言葉。これが、一国の宰相《さいしょう》にまで昇りつめ、科学者、詩人、哲学者、小説家…どの分野にも大きな業績を積み上げた老大家の言葉。理論から理論を導き出すばかりではない。いや、むしろ逆に（それが錯覚に陥る可能性が大きいとしても）現実から、現実を見すえる自分の心から論理を生み出す、生き生きとした、それでいてナヨナヨとしたゲーテ。

とてもむずかしくて読み込めないようなこんな本を、読んでいたんだ。

人は安易な方に流れる。

「比較的簡単な方法で、かなりの収入になります。」

そんな宣伝文句で釣られてしまう安易な風潮が多い中で、日本という社会は、それを戒《いまし》め続けてきた社会だと思う。

しかし、ここにきて、半分くらいタガが外れてしまった。原因はアメリカのファンドか、GAFAか。

それとも旧（あえて〝現〟とは言わない）社会主義国や独裁国を中心とする専横指導者か、などと考えを巡らす、それがこれまでの自分の体質。そんな原因など、これから100でも200でも出てくる。人間の進歩思想がなくならない限り。生き方の選択は、この先ますます難しくなっていくのだろう。選択肢が増えていく（と思ってしまう）こと、そして間接情報ならではの情報の加工。そこをかいくぐって有用な情報のみを選択していくのか、あるいは、思い切って外部からの情報の大半を遮断《しゃだん》してしまうか。

いずれにしても必須なのは、その人の社会の中での経験や自分自身の中での知識や教養。それを育み見守る社会のしくみ。なんか尻取り遊びの最後のアガキみたいになってきそう。

フードコートの経営と運営の1年半の中で、ずいぶんと変わった。何が変わったのか、って？

まずは目の前で起こったことを否定しないこと。イヤだ、おかしい、こんな所にいたくないなんて即応しないで（店を運営している以上できないし）間合いをそっと置いてみる。この人、お家ではどんな食生活しているのかナ、今お腹あまり減ってないんだろうナ、家族に付き合って、気が乗らずにきたんだろうか、なんて具合。既存のレストランならば、お皿の具合やお客さまの反応を見て、トマト苦手でしたか、なんて次回来店の会話は作れるけど、フードコートではできない。二倍の努力と時間をかけても、こちらの工夫しかない。

もうひとつはスマホやVRやチャット某などという、生活技術への向き合い方。自分の生き方、生きる目的など、そうは掴めないものだけど、芯を持ちたい。事業を始めると決めたとき、「人の3倍働いて2倍のお給料」みたいに漠然と思った。今は全然なっていないけど、将来展望はしょっぱなよりは見えてきている。新しいものに何にでも飛びついたら資金的にも追いつかないし、何より時間的にもムダになってしまいがち。やはり選択。そして自分の目や心で接する1次情報。

逆説的だけれど、2次情報に頼っている時間と努力のムダを無くして、できるだけじかに触れたい。それがまた、別の胸のひきだしの1枚になって、苦難に突き当たった時や、道に迷った時の力になる。このカードを1枚でも増やして、自分や家族だけでなく、友達や知り合いの人の暮らしに役立てていかなければ。

物心ついた時に、そこにあった森や里山。トンボやカエルやドジョウ（大変迷惑もかけたけど）。大人の一員になりつつあるときにこそ、あの時のカード1枚1枚がよけいに大切に思える。おじいちゃんをはじめ、接する大人の人たちみんな「あんなオトナにいつかなれるんだろうか。」という大きくて遠い存在だった。

生まれてくる子供たちに、よその国から来る移住者に、慕われる人になれるかナ。

初日の出

2年目の年の瀬が近づいてきた。来年3月にはいよいよ3年目を迎える。経営の安定に向けた最終年度に入る。

検討項目ごとに、

①設備・備品／お客さまの数が伸びたら食洗機とコールシステムを導入しようと計画していたが、まだ必要なし。

②スタッフ／経費で最大なのはやはり人件費。10パーセントくらいの売り上げの伸びを目ざし、現有スタッフで対応。

③仕入・原価／仕入先である食品卸会社2社、魚介仲介会社1社、食肉卸会社1社、酒類販売会社1社、共に関係は良好。営業の柱の1つ「地産地消」の食材幅も広がっている。

④メニュー・商品／豚肉と鳥肉の生姜焼は定着したので、近く牛丼とハンバーグのスパゲティを投入。イタリアンのイメージも守りたいので、ピザのバリエーショ

ンを検討。テイクアウトも含めたヒット商品を模索していく。さらに午後2時以降の時間帯の来店客がほぼゼロという現状から抜け出すために、アイスクリームやスイーツ、カフェメニュー、カフェタイムの外部人材活用も考える。

⑤告知・広報／客席から見える店の看板が古びてきたので、素材やデザインも含めて改良（手づくり）。同じくPOP類も大きさや形状を整理。5時以降のディナー予約の特典と告知に工夫が必要。

⑥財務／資金の流失が止まり、リース料などの回収ができているので、ほんの少しずつだが資金は回復している。

各テーマを3年目の年度内に改良していく。そこで経営が安定度を増せば、いよいよ4年目からはやりたい方向にウエートを移していくという攻めに入れる。レポートを作成し、細部の手順を書き入れ始めたところに、ケンさんから電話が入った。

「年末はどうするの？　休みとれる？」

空はまだ明るいわけではないが、海面が光を反射しはじめた。砂浜に打寄せる波頭も白さが際立つ。宿から二人で歩き始めた時は、足もともまだ暗かった。ケンさんの腕を頼りにたくさんの人の行列に加わる。

黒い鳥が沖に向かって飛んでいく。カラスなのかカモメなのか逆光で分からない。

水面がピンク色を帯びてきた。そこを灯台の灯りが回っていく。振り返ると、阿武隈の山並みが、紫色の輪郭を現わした。海に続く建物や橋や船の姿が、はっきりと浮かび上がる。

日の出方向の空がすき通った青に変わり、小さな雲片が太陽そのもののように輝き出した。横に立つ人々の顔にも光が当たっている。

海に金色に照り輝く光の橋がまっすぐにこちらに向かってくる、と思った瞬間、太陽の上端が海上に姿を現わし、人々の歓声が湧き起こる。こんな興奮初めて。毎日、こんなことが起こっていたんだ。太陽の丸みが水平線を離れたとみるや、西の山々に光が差して、奥へ奥へと山々が姿を現わす。

サーファーたちが太陽に向かって泳ぎ込む。海がその先の堤防でせき止められてでもいるかのように、水が膨らんでいる。そのやや左手に島影が1つ2つ。金華山や網地島、牡鹿半島の山々。たぶん。

そしてここで初めて波の砕ける音に気づく。波と波、波と堤防、突き出した岬の崖に反射して轟音を響かせていたのになぜ気づかなかったのだろう。ここまで全く無音だった。


初日の出を見終わって、人々が動き出した。漁港の外に向かって車が列を作る。二方向に分かれた車の行く先はどこだろう。

強く輝く太陽の光が、鹿狼山を越えて西に続く山々を浮かびあがらせている。薄暗かった海の中で、だんだんと小さな波の姿が見えてきたように、奥へ奥へと山の姿が続いていく。

「そうか、波か。」

どこまでも続く波の海が、人々の生活を豊かに保ってきたと同じように、奥へ続く山並みが〝山波〟となって生活を支えてきたんだ。

三方を水に囲まれた北阿武隈の地で、人は何千年、もしかすると何万年も暮らし続けてきた。三方のヘリに数多く残る住居跡である遺跡群を見ると、その歴史が古代から現代につながっていることが分かる。きっと現在住んでいる人々のかなりの数の人が、そのまま地域にルーツを持っていることだろう。

ここに住んで、自然の恵みに守られ、自分たちでそれを発展させてきた。交流も、外部との交易もあっただろう。人や情報が、今のようにどんどん入ってきただろう。その中から家族や地域を守り安住していくしくみを、協力して作ってきた。中には新しい生活器具や技術、協力のあり方に触れて「世の中来る所まで来たか。」ということもしばしばあったかも知れない。親を捨て、地域を捨てて流浪の身となる人もいただろう。しかし、社会は続いていく。家庭も次々と誕生する。それを支え続けてきた力は、努力はどんなものだったのか。

そして何よりも、ケンさんの心に、思索に見えてきた変化はどんなものだったのか。

1年の始まりのこの日に、心の中に原石をまたひとつころがしてみる。

コーヒー

左端には、ワイヤーが大きな三角形をつくるつり橋。その行く先に鵜ノ尾崎灯台、大州海岸。手前の松川浦が、鏡のように、これらの景色を逆さまに映している。外洋には少し波がしら。今しがた昇ったばかりの太陽の光がさざめいている。少しずつ光の具合いも変わっていくが、時は止まっている。

朝までパソコンの画面と格闘していた自分と同じ存在がいま、ここにある。

日の出を一緒に見たケンさんは、朝ごはんの後に、「もうひと眠り」と言って部屋の中。「コーヒーをどうぞ。」と言ってホテルのおかみさんが最上階のカフェに案内してくれた。

「ここが世界の中心。」

初めて実感として自分の存在が地球のどの位置にあるのか、分かったような気がした場所だ。

地球の大きさからみれば、この眺めの範囲などあまりにも小さい。けれど心なしか視野の両はじが、下に向かって湾曲している。つまりここを頂点とした世界がある。自分が、それを幸せとして感じられる生き方が、できるだろうか。

「他人をね、すごくキライになりそうだった、何度も何度も。」

留学した時に見た難民や移民の光景。職に就いて、確かめもせずに人の評価となる記事を書いてしまったこと。そして洪水のような資本の力で流されていく世界…。他人ではなく、自分がキライになっていったのかも。

「同じだよ。」

ケンさんはこんな話をした。鯨を獲って、脂だけを搾って樽に詰め、あとは全部海に捨てて絶滅寸前にまで追い込んだ欧米の捕鯨社会が、鯨に代わって石油を利用するようになると、捕鯨は人道上問題があると言い出したり、その石油で温暖化の問題が出てくると、後発の国の利用を制限しようとしたり…。

「まあ、その人の立場になれば、きっとほとんどの人が同じことをすると思うよ。オレも。」

どうすればいいんだろう。

ケンさんと枕を並べながら、しばし本気で考えてみる。

そうか、その立場にならないように生きていけば。だったら自分はそれを選んでいるだろうか。

「縄文時代なんかはさ、ほとんど争いごとがなかったんだって。」

人々は、食料や富の蓄積をせずとも、結構生活を楽しんでいけたそうで、武器を持った争いごとは、水稲栽培などが始まって、富を蓄積できるようになり、貧富の差が出てきてからだと。

「たぶん、後から日本列島に渡ってきた人たちは、同じ理由でユーラシア大陸に住む処を失ったり、もっといい処があると聞いたんだろうと思うよ。」

日本はいい国だと思う。他の国を見れば、ますますそう思う。

だけど、せっかくみんなで作りあげ、守ってきたものが、消えかけている。

「今みたいなこと、何度もあったんだろうか。」

起き上がって窓からしばし外を眺め、

「あったと、思いたいね。」

南相馬の博物館で見たもの、同じようにケンさんが心の中に発掘したもの、今自分の心の中に渦巻いているもの、それらがひとかたまりになって熱を滞びてくる。

「その日暮らしになってもいいから、KAZIKAでいこうよ。北阿武隈ずっといい暮らしあなたと。」

世の中の変わり目に、同じように、いろんなところでチャレンジした人たち、知ってるよ。


「さあ、コーヒー飲みに行こう。」

「近頃の研究だと、縄文人は弥生式の生活の導入をわざと遅らせていたらしいよ。」

〝くるみかご〟に出合ってから、二人の会話に縄文時代が入ることが多くなっていた。

「だって稲作文化が伝わってから、日本は豊かになっていったんでしょう?」

確かにそうだけど、と言いつつ、言葉を継いだ。

「その頃はもう、丸木舟なんかで大陸の沿海州や朝鮮半島や揚子江デルタあたりまで交易があったんだって。」

すごい、丸木舟。

「いろんな道具や技術や人の交流があった中で、『大陸の方では争いごとが絶えなくなっている』という情報が伝わってきたらしいんだ。」

稲作を中心とした生産の増加が、人々や地域の間の貧豊の差を生み、また収穫物を奪い合うような社会を生み出していると。

縄文の生活は、村里みんなが自然の恵みを必死で集め、分け合って何百年何千年と集落を維持してきた。実はすでに陸稲も栽培していて、自分たちの暮らしに自信と喜びを持ち続けてきた。そこに争いごとはかなわない。

すでに海面は徐々に下がってきていて、各集落と海との間には田んぼに適した湿地や平野が増えていた。

「でも多くの人は、豊かな暮らしって食料や物の備蓄が増えることだと考えるもんね。」

「うん、だからこそリーダーの役割が大事だったんだと思う。」

そうかァ、今の日本と何にも変わらない。むしろ、今のリーダーは大衆と一緒だもん。「新しい（と思っている）情報やシステムを自分たちの社会に導入することに夢中で、それが人々の幸せをどう実現していくことになるか、考えが行きついているのか全くみえないよね。新しいものに不安はつきものだから、これまでとの連続性や本来必要な社会の根本の価値観、やっぱそれは物の豊かさよりも幸せ感かな、ならばそのための哲学がなくっちゃ。」

「縄文の人が大陸の状況を読んで、『まてよ、その新しい生活システムには混乱や動揺まで連れてくることになるな』と身構えたんだとしたら、その判断が的確だったことは、以後の歴史が証明していると思う。」

そうしてみると、ここKAZIKA半島は、起伏のある高原地帯が大部分。〝物の豊かさ〟にちょっと背を向けて生きる人々の暮らしの場は温存されていた。もしかしてその価値観が連綿として承け継がれてきて、ここの暮らしに今も根付いているんだろうか。だったらとてもうれしい。

留学で行った国、取材で行った町、調査や打ち合せに行った場所…、そこでさまざまな出会いがあった。困難を抱えた人々も多かった。

自分たちの町に愛着をもって、自分たちの仕事に誇りを持って住み続けてきたと思う。しかし、現在そのほとんどの町はゴミの山。川岸はゴミ溜り。

処理できないほどの消費物の残がい。物の豊かさを求めてかき集めてきたはずの未来の姿が、無残な生活の場となった。心の中と同様…。

誰もが自分たちの未来を信じたい。でも（そのための）新しいシステムに慣れよう、使いこなそうとする時間ばかりを費《ついや》して、なかなか自分の足で進む段階に移れない。消費する側の日々で終わってしまいそうなのだ。

フードコートと呼ばれる、コンビニやスマホと変わらない〝便利グッズ〟のオーナーになっている自分が、社会のあり方について云々するなど、とても言える立場ではないのだけれど、その便利グッズを使いこなすお客さまの姿の中にも、一抹の不安が湧いてくる。

やっぱり世界は同時なのだと思う。遅れているといわれる国や地域、先進といわれる国や地域、今同時に生きる人々に、何の違いがあるだろう。それぞれの関心や求める物事に違いはあるだろうけど、結局最後に求めるものは案外、一日の満足感ではないだろうか。身の回りの人との連帯ではないだろうか。そこに一斉に危機が迫っていないだろうか。

大きなおにぎり

ケンさんは、人の社会は何度も同じような危機を乗り越えてきた、と言った。事業に行き詰まりながら、打開策を打ち出して明日につなげていくという日々。そんな現状の課題をこなしながら、周りの社会全体に迫ってくる大きな影におびえている。

日曜日に両親が食べに来てくれた。お昼時はとても混むので、2時半を回ってから。土日や祭日は、オーダーが10枚も重なることがあるので、15分とか20分以上待っていただくことになる。スパゲティは茹で上げ、ピザはご注文いただいてから生地を丸く伸ばすので、時間の短縮はむずかしい。薄い豚肉を焼いている時などは、カウンター越しのお客さまの声にすら反応できない。

やっと洗い物にとりかかっていた。

「何がおスズメ?」

その声できょうの疲れがいっぺんに吹き飛んだ。

「味が馴じんだね。」

やっぱりピザを食べてもらった。発酵の度合いで、焼きを調整できるようになった。

「しかしホントにお店がなくなってしまった。」

近くにある町の商店街のこと。大きなスーパーが出て、コンビニができて、そしてフードコートの登場。地元のお店は服屋さんも文具雑貨屋さんも荒物屋さんも、そして魚屋さんやお菓子屋さんも店を閉じた。

「あそこのまぐろのお刺し身、おいしかったんだよね。」

若い頃の二人の思い出。

お母さんが子供の頃は、近くの町の中心にまだ十何軒もお店が並んでいたという。

「本屋さんで百科事典を毎月1冊ずつ受け取って、次の本が届く前に全部読んだわ。」

自転車を買ってもらった時の興奮も忘れられないという。自転車が無ければ、学校に通うのは大変だったんだろう。

品物を買うにしても食事を摂るにしても、単に物や食料を受け渡すのではない。店の人や居合わせたお客さま同士の会話があった。それがうれしさや楽しさを2倍にも3倍にも感じさせてくれた。物資も少なく、値段も高かった時代だろうと思うので、その感慨の大きさも今とは違ったものだったはず。でも、

「便利になって、失うものもあるなあ。」

父のポツリは、全く同感。

「難民」とは対象が全く違うけど、ニュアンスが似ているせいか、「IT難民」とか「経済難民」「医療難民」「買い物難民」などなど…、社会から置いてけぼりになることを、〝難民〟と表現することも多い。でも、その社会に追いつき追い越せではなく、その社会の方向に馴染めない人もいる。あるいは馴染まない生き方を選択することもある。そうすると、難民はどっち？　という見方もできるんじゃない？

日本の社会に本当の難民問題がのしかかるのは相当先のことだろうけれど、1人ひとりの幸せ、家族の幸せ、地域全体の幸せを考えると、ある〝難民化〟の方向に向かっているような気がする。

それを少しでも緩和するためには、経済や技術の変化（大きい方へ？）を追う人々の世界と、別な生き方や価値観を持とうとする人々。その他モロモロ。多様な社会があっていい。

おじいちゃんが大きなおにぎりをくれた。

「奈央、これ食べたらお腹いっぱいになるだろう。一日いくつ要る？」

あとがき

過去はまちがいの多い時代でもなければ、理想とする時代でもない。そこは繰り返しの波。しかし、紛れもない生きる人々の真実が重なっている。

だからだろうか、未来の人々が許さないようなことでも、過去の人々が許してくれるような気がするのは。

山里の森かげに、ひっそりと佇む古民家。もう誰も住んでいないような気配が感じられるようなそんな建物に、なぜか心のどよめきのようなものを感じるときがある。

KAZIKAの一番重要な出入口のひとつは、港町丸森だろう。ひたかみの地へ、みちのくへ、そして北海道や日本海へ。世界の中心から異郷へ、小さな手造りの舟が漕ぎ出す。

古《いにしえ》の人々の日々、その将来への期待。近づけば近づくほど不思議に心が安まる。自分の無謀とゆるぎない人々の暮らしが、不思議に重なる。

KAZIKAはこれから100年後も、500年後も世界の中心。この地の人々が、それを守る人の心が続くかぎり。

香月ちゃん、絵をありがとう。優子さん、イラストをありがとう。伊藤さん、猪股さん、そしてミーヤン、字をありがとう。

ふゆき

いとえば　いとわれる

●表紙絵（紙中さし絵）　日本画　川村香月　プロフィール
○宮城県在住　日本画家
日本画作成の他、新聞や教科書の挿絵制作等も手掛ける。
２０１４　京都造形芸術大学美術学科日本画コース　卒業
２０１６　京都造形芸術大学院修士課程　修了
○個展
２０１７　「日本画家　川村香月　初個展」（ＳＡＲＰ、仙台）
○展示・活動歴
２０１８　カメイコレクション展Ⅲ期（カメイ美術館、仙台）
　　　　　第10回宮城野高校日本画OB展みののこ展（せんだいメディアテーク）
２０１９　『交響のソロ』11人の作家に見るみやぎ美術のいま（カメイ美術館、仙台）
　　　　　曹洞宗中津山香積寺『平成の花天井画プロジェクト』制作（香積寺、石巻）
２０２０　令和元年度『カメイコレクション展Ⅳ期』（カメイ美術館、仙台）
　　　　　春らんまん小品展（藤崎6階美術ギャラリー、仙台）
２０２１　自画像展（秋保の森　佐々木美術館&人形館、仙台）
　　　　　山の文化祭（鬼首地区公民館、鳴子）
○受賞歴
２０１４　京都造形芸術大学卒業制作展　学科賞
　　　　　２０１４年度三菱商事アート・ゲート・プログラム　奨学生　選抜
　　　　　第25回三菱商事アート・ゲート・プログラム　入選（以降、第26、28、34回入選）
２０１４　京展　入選（翌年、入選）
　　　　　第25回臥龍桜日本画大賞展　桜賞（翌年、第26回同賞）
２０１５　～夢と未来をつなぐ～ＡＬＢＩＯＮ　ＡＷＡＲＤＳ　２０１５～　入選
　　　　　再興第１００回院展　入選
２０２３　第78回　春の院展　入選
○コレクション
　宝重山金剛寺（仙台）、カメイ美術館（仙台）中津山香積寺（石巻）鳴子総合庁舎（鳴子）

難 民　いとわれびと

2023 年 11 月 26 日　初版発行

著　者　ケイ 柊（KEI FUYUKI）
発行者　大内 悦男
発行所　本の森

仙台市若林区新寺一丁目 5 - 26 - 305（〒984-0051）
電話 022（293）1303
Email　forest1526@nifty.com
URL　http://honnomori-sendai.cool.coocan.jp

表紙・カバー画・挿画　川村 香月

印　刷　イズミヤ印刷

定価は表紙に表示しています。落丁・乱丁本はお取替え致します。

ISBN978-4-910399-09-6